雲中歌

桐華◎著

卷三

相劫今生諾

雲中歌

卷三 相劫今生諾

目錄

第十九章 劫後相逢

雲歌一隻腳的鞋子已被鮮血浸透，而另一隻腳的鞋子不知去了何處，只一截滿是污泥的纖足掩在稻草中。

劉弗陵用袖去擦，血色泥汙卻怎麼都擦不乾淨。

雲歌被宦官拖放到一旁。

拖動的人動作粗魯，觸動了傷口，她痛極反清醒了幾分。

隱約聽到一個人吩咐準備馬匹用具，設法不露痕跡地把她押送到地牢，拿什麼口供。

不知道是因為疼痛，還是大火，她眼前的整個世界都是紅燦燦的。

在紛亂模糊的人影中，她看到一抹影子，疏離地站在一片火紅的世界中。

四周滾燙紛擾，他卻冷淡安靜。

風吹動著他的衣袍，他的腰間……那枚玉珮……若隱若現……隨著火光跳躍……飛舞而動的龍……

因為失血，雲歌的腦子早就不清楚。

她只是下意識地掙扎著向那抹影子爬去，努力地伸手，想去握住那塊玉珮。大片血跡在地上蜿蜒開去……

距離那麼遙遠，她的力量又那麼渺小。

努力再努力，掙扎再掙扎……

她拚盡了全身的力量，在老天眼中不過是幾寸的距離。

宦官們正在仔細檢查屍身，希望可以搜查到證明刺客身分的物品，然後按照于安的命令把檢查過的屍體扔到火中焚化。

于安勸了劉弗陵幾次上車先行，這裡留幾個宦官善後就行，可劉弗陵只是望著大火出神。

在通天的火焰下，于安只覺皇上看似平淡的神情下透著一股滄楚。

他無法瞭解皇上此時的心思，也完全不明白為什麼皇上之前要急匆匆地執意趕去長安，如今卻又在這裡駐足不前。以皇上的心性，如果說是被幾個刺客嚇唬住了，根本不可能。

再三琢磨不透，于安也不敢再吭聲，只一聲不發地站在劉弗陵身後。

大風吹起了他的袍角，雲歌嘴裡喃喃低叫：「陵……陵……」

她用了所有能用的力氣，以為叫得很大聲，可在呼呼的風聲中，只是細碎的嗚咽。

聽到窸窸窣窣聲，于安一低頭，看到一個滿是鮮血和泥土的黑影正伸著手，向他們爬來，似乎想握住皇上的袍角。

他大吃一驚，立即趕了幾步上前，腳上用了一點巧力，將雲歌踢出去，「一群混帳東西，辦事如此拖拉，還不趕緊……」

雲歌一陣撕心裂肺的疼痛。

在身子翻滾間，她終於看清了那抹影子的面容。

那雙眼睛……那雙眼睛……

只覺心如被利箭所穿，竟比胸口的傷口更痛。

她還未及明白自己的心為何這麼痛，人就昏死了過去。

劉弗陵望著大火靜站了好半晌，緩緩轉身。

于安看皇上上了馬車，剛想吩咐繼續行路，卻聽到劉弗陵沒有任何溫度的聲音響起，「掉頭回溫泉宮。」

于安怔了下，立即吩咐：「起駕回驪山。」

可剛行了一段，劉弗陵又說：「掉頭去長安。」

于安立即吩咐掉頭。

結果才走了盞茶的工夫，劉弗陵敲了敲窗口，命令停車。

于安靜靜等了好久，劉弗陵仍然沒有出聲，似乎有什麼事情難以決斷。

于安第一次見皇上如此，猜不出原因，只能試探地問：「皇上，要掉轉馬車回驪山嗎？」

劉弗陵猛地掀開車簾，跳下馬車，隨手點了一個身形和自己有幾分像的宦官：「你扮作朕的樣子回驪山，于安，你陪朕進長安，其餘人護著馬車回驪山。」

于安大驚，想開口勸誡，被劉弗陵的眼鋒一掃，身子一個哆嗦，嘴巴趕忙閉上，猶豫了一下，卻仍然跪下，哀求劉弗陵即使要去長安，也多帶幾個人。

劉弗陵一面翻身上馬，一面說：「虛則實之，實則虛之，沒有人會想到，朕會如此輕率。剛才的刺客應該不是衝著殺朕而來，現今的局勢，你根本不必擔心朕的安危，倒是朕該擔心你的安危，走吧！」

于安對皇上的話似懂非懂，騎馬行了好一會兒，才猛然驚覺，皇上的反反覆覆竟然都是因為那個還沒有見面的竹公子。

皇上擔心自己的反常行動會讓竹公子陷入險境，所以想回去，可又不能割捨，所以才有了剛才的失常之舉。

外面風吹得凶，可七里香的老闆常叔睡得十分香甜。

他夢到自己懷中抱著一塊金磚，四周都是黃燦燦的金子，一品居的老闆在給他當夥計，他正瘋狂地仰天長笑，卻突然被人搖醒。

以為是自己的小妾，常叔一邊不高興地嘟囔著，一邊伸手去摸，摸到的手，骨節粗大，又冷如冰塊，立即一個哆嗦驚醒。

雖然站在榻前的人很是可怕，可不知道為什麼，常叔的注意力全都放在了窗前站著的另一個人身上。

只是一抹清淡的影子，可即使在暗夜中，也如明珠般讓人不能忽視。

常叔本來驚怕得要叫，聲音卻一下就消在口中。

天下間有一種人，不言不動，已經可以讓人敬畏，更可以讓人心安。

來者深夜不請自到，情理上講「非盜即匪」。可因為那個影子，常叔並不擔心自己的生命。

榻前的人似乎十分不滿常叔對自己的忽視，手輕輕一抖，劍刃擱在了常叔的脖子上。

常叔只覺一股涼意沖頭，終於將視線移到了榻前的人身上。

來人斗篷遮著面目，冷冷地盯著他，「既非要錢，也非要命，我問一句，你答一句。」

常叔眨巴了一下眼睛。

來人將劍移開幾分，「竹公子是男是女？」

「女子，雖然外面都以為是男子，其實是個小姑娘。」

「真名叫什麼？」

「雲歌，白雲的雲，歌聲的歌，她如此告訴我的，是不是真名，小的也不清楚。」

常叔似看到那個窗前的頎長影子搖晃了一下。

拿劍逼著他的人沒有再問話，屋子內一片死寂。

好久後。

一個清冷的聲音響起：「她……她……可好？」

聲音中壓抑了太多東西，簡單的兩個字「可好」，沉重得一如人生，如度過了千百個歲月：漫長、艱辛、痛苦、渴盼、欣喜……

早就習慣看人眼色行事的常叔這次卻分辨不出這個人的感情，該往好裡答還是往壞裡答才能更取悅來人？

他正躊躇間，榻前的人陰惻惻地說：「實話實說。」

「雲歌她很好。兩位大爺若要找雲歌，出門後往左拐，一直走，有兩家緊挨著的院子，大一點的是劉病已家，小的就是雲歌家了。」

劉弗陵默默轉身出了門。

于安拿劍敲了敲常叔的頭，「好好睡覺，只是做了一場夢。」

常叔拚命點頭。

于安撤劍的剎那，人已經飄到門外，身法迅疾如鬼魅。

常叔不能相信地揉了揉眼睛，哆嗦著縮回被子，閉著眼睛喃喃說：「噩夢，噩夢，都是噩夢……」

來時一路都是疾馳，此時人已如願尋到，劉弗陵反倒一步步慢走著。

在皇上貌似的淡然下，透著似悲似喜。

于安本來想提醒皇上，天已快亮，他們應該抓緊時間，可感覺到皇上的異樣，他選擇了沉默地陪著皇上，也一步步慢走著。

「于安，老天究竟在想什麼？我竟然已經吃過她做的菜，你當時還建議我召她進宮，可我……」可我就是因為心生了知音之感，因為敬重做菜的人，所以反倒只想讓她自由自在。還有甘泉宮，居然是我下令將她趕出了甘泉宮，難怪于安後來怎麼查探，都查不出是誰在唱歌。

劉弗陵的語聲斷在口中。

于安沒有想到多年後，會冷不防再次聽到皇上的「我」字，心中只覺得酸澀，對皇上的問題卻實在不知道該如何回答。

當皇上還不是皇上時，私下都是「我、我」的，一旦想搞什麼鬼把戲，就一臉哀求地叫他「于哥哥」，耍著無賴地逼他一塊去搗蛋。嚇得他拚命磕頭求，「殿下，不要叫了，被人聽到了，十個奴才也不夠殺。」

為了讓殿下不叫「哥哥」，就只能一切都答應他。

後來就……就變成「朕」了。

一個字就讓母子死別，天地頓換。

一切的溫暖都消失，只餘下了一把冰冷的龍椅。

雖然華貴，卻一點都不舒服，而且搖搖欲墜，隨時會摔死人。

「她在長安已經一年多了。在公主府中，我們只是一牆之隔；甘泉宮中，我們也不過幾步之遙。在這個不大卻也不小的長安城裡，我們究竟錯過了多少次？」劉弗陵喑啞的語聲與其說是質問，不如說是深深的無奈。

于安不能回答。

此時他已經明白，雲歌就是皇上從十二歲起就在等的那個人，更加清楚雲歌在皇上心中占據的位置。

這麼多年，一日日，一月月，一年年下來，他將一切都看在眼內，沒有人比他更明白皇上的等待，也沒有人比他更明白皇上的堅持。

白日裡，不管在上官桀、霍光處受了多大的委屈，皇上只要站在神明臺上，眺望著星空時，一切都會平復。

因為降低賦稅、減輕刑罰觸動了豪族高門的利益，改革的推行步履維艱，可不管遇見多大的阻力，皇上只要賞完星星，就又會堅定不移地走下去。

因為上官桀、霍光的安排，皇上十三歲時，被逼立了不到六歲的上官小妹為皇后。

可大漢朝的天子，因為一句諾言，居然到現在還未和皇后同房，也未曾有過任何女人。

二十一歲的年紀，不要說妻妾成群，就是孩子都應該不小了。

若是平常百姓家，孩子已經可以放牛、割豬草；若是豪門大家，孩子已經可以射箭、騎馬，甚至可以和兄弟鬥心機了。

因為關係到社稷存亡，天家歷來最重子裔，先皇十二歲就有了第一個女人，其他皇子到了十四五歲，即使沒有娶正室，也都會有侍妾，甚至庶出的兒女。

可皇上到如今竟然連侍寢的女人都沒有過。

皇上無法對抗所有人，無法對抗命運，可他用自己的方式堅守著自己的諾言。

于安擠了半天，才擠出一句：「老天這不是讓皇上找到了嗎？好事多磨，只要找到就好，以後一切都會好的。」

劉弗陵的唇邊慢慢露出一絲笑，雖還透著苦澀，卻是真正的欣喜，「你說得對，我找到她了。」說到後一句，劉弗陵的腳步頓然加快。

于安也不禁覺得步子輕快起來。

到了常叔指點的房子前，于安剛想上前拍門，劉弗陵卻攔住了他，「我自己去敲門。」卻在門前站了好半晌，都沒有動。

于安輕聲笑說：「皇上若情怯了，奴才來。」

劉弗陵自嘲一笑，這才開始敲門。

因為心中有事，許平君一個晚上只打了幾個盹。

身旁的劉病已似乎也有很多心事，一直不停地翻身。

雖然很輕，可因為許平君只是裝睡，他每一次的輾轉，許平君都知道。

直到後半夜，劉病已才入睡。

許平君卻再也躺不下去，索性悄悄披衣起來，開始幹活。

正在給雞剁吃的，忽聽到隔壁的敲門聲，她忙放下刀，走到院子門口細聽。

敲門聲並不大，似是怕驚嚇了屋內的人，只是讓人剛能聽見的聲音，卻一直固執地響著，時間久到即使傻子也知道屋內不可能有人。可敲門聲還一直響著，似乎沒有人應門，這個聲音會永遠響下去。

許平君瞅了眼屋內，只能拉開門，輕輕地把院門掩好後，壓著聲音問：「你們找誰？」

劉弗陵的拳頓在門板前，于安上前作了個揖，「夫人，我們找雲歌姑娘。」

雲歌在長安城內認識的人，許平君也都認識，此時卻是兩個完全陌生的人，「你們認識雲歌？」

于安陪著笑說：「我家公子認識雲歌，請問雲歌姑娘去哪裡了？」

許平君只看到劉弗陵的一個側影，可只一個側影也是器宇不凡，讓她凜然生敬，遂決定實話實說：「雲歌已經離開長安了。」

劉弗陵猛然轉身，盯向許平君：「妳說什麼？」

許平君只覺對方目光如電，不怒自威，心中一驚，趔趔趄趄地倒退幾步，人靠在了門板上，「雲歌是昨日夜裡離開長安的，她說想家了，所以就……」

許平君張著嘴，說不出話來。

剛才被這個人的器宇震懾，她沒敢細看，此時才發覺他的眼神雖和病已截然不同，可那雙眼睛卻……有六七分像。

于安等著許平君的「所以」，可許平君只是瞪著皇上看，他忙走前幾步，擋住許平君的視線，「雲姑娘說過什麼時候回來嗎？」

許平君回過神來，搖搖頭。

于安不甘心地又問：「夫人可知道雲姑娘的家在何處？」

許平君又搖搖頭，「她家的人似乎都愛遊歷，各處都有屋產，我只知道這次她去的是西域。」

劉弗陵一個轉身就跳上馬，如同飛箭一般射了出去。

于安也立即上馬，緊追而去。

許平君愣愣看著劉弗陵消失的方向。

回屋時，劉病已正準備起身，一邊穿衣服，一邊問：「這麼早就有人來？」

許平君低著頭，忙著手中的活，「王家嫂子來借火絨。」

從天色朦朧，一直追到天色透亮，只聞馬蹄迅疾的聲音。

風漸漸停了，陽光分外的好，可于安卻覺得比昨日夜裡還冷。

如果是昨日就走的，現在哪裡追得上？

皇上又如何不明白？

兩邊的樹影如飛一般地掠過。

一路疾馳，已經過了驪山，日頭開始西移，可劉弗陵依舊一個勁兒地打馬。

一個老頭背著柴，晃晃悠悠地從山上下來。因為耳朵不靈光，他沒有聽見馬蹄聲，自顧自埋著頭就走到了路中間。

等劉弗陵一個轉彎間，猛然發現他，已經凶險萬分。

老頭嚇得呆愣在當地。

幸虧劉弗陵座下是汗血寶馬，最後一剎那，硬是在劉弗陵的勒令下，生生提起前蹄，于安旋身將老頭拽了開去。

老頭子毫髮未損，只背上的柴散了一地。

老頭子腿軟了一陣子，忙著去收拾地上的柴火。

劉弗陵跳下馬幫老頭整理柴火，但從沒有幹過，根本不能明白如何用一根麻繩，就能讓大小不一、彎曲不同的柴緊緊地收攏在一起。

老頭子氣鼓鼓地瞪了眼劉弗陵：「看你這樣子就是不會幹活的人，別再給我添亂了。」

劉弗陵尷尬地停下了手腳，看向于安，于安立即半躬著身子小聲地說：「自小師父沒教過這個，我也不會。」

兩個人只能站在一旁，看一個風燭殘年的老頭子幹活，唯一能做的就是把掉得遠的柴火撿過來，遞給老頭。

為了少點尷尬，于安沒話找話地問老頭：「老人家，你這麼大年紀了，怎麼還要一個人出來撿柴？兒女不孝順嗎？」

老頭哼了一聲：「飽漢子不知餓漢饑！你養著我嗎？朝廷的賦稅不用交嗎？兒子一天到晚也沒閒著，做父母的當然能幫一把是一把。真到了做不動的那一天，就盼著閻王爺早收人，別拖累了他們。」

于安在宮中一人之下，千人之上，就是霍光見了他，也十分客氣，今日卻被一個村夫老頭一通搶白，訕訕得再不敢說話。

老頭子收拾好乾柴要走，于安掏了些錢出來奉上，算作驚嚇一場的賠罪。老頭子卻沒有全要，只揀了幾枚零錢，還十分不好意思，「給孫子買點零嘴。」便佝僂著腰離去，「看你們不是壞人，下次騎馬看著點路。」

于安見慣了貪得無厭的人，而且多是腰纏萬貫、依然變著法子拚命斂財的人，或者身居高位，卻還想要更多權勢的人，今日一個貧窮的老頭卻只取點滴就縮手而回，讓他不禁呆呆地看著老頭的背影。

一會兒後，于安才回過神來，「皇上，還要繼續追嗎？」

劉弗陵望著老頭消失的方向，沉默地搖了搖頭，翻身上馬，向驪山方向行去。

雲歌，不管我有多想，我終是不能任性地隨妳而去。我有我的子民，我有我的責任。

于安心中的石頭終於落地，不禁長吁了口氣，「皇上放心，奴才會命人去追查。雲歌姑娘再快，也快不過朝廷的關卡。」

孟玨強壓下心中的紛雜煩躁，一大早就去求見劉弗陵，想商議完正事後儘快去找雲歌。

雖然不知道雲歌如何知道了他和霍成君的事情，可看她的樣子，肯定是知道了，因為只有此事才能讓她如此決絕。

從清早等到中午，從中午等到下午。

左等不見，右等不見，孟珏心中不禁十分不悅，可對方是大漢朝的皇帝，而他現在要藉助對方，不能不等。

直到晚膳時分，劉弗陵才出現。

他面容透著疲憊，眉間鎖著落寞，整個人難言的憔悴，一進來，未等孟珏跪拜，就對孟珏說：「朕有些重要的事情耽擱了。」

話雖然說得清淡，可語氣間是毋庸置疑的真誠。

孟珏心中的不悅散去幾分。他一面行禮，一面微笑著說：「草民剛到時，已經有人告知草民，早則上午，晚則晚上，皇上才能接見草民，所以不算多等。」

劉弗陵淡淡點了點頭，命孟珏坐，開門見山地問：「有什麼是霍光不能給你的？你要朕給你什麼？」

孟珏微怔了一下，笑道：「草民想要皇上保全草民性命。」

「霍光會給你什麼罪名？」

孟珏說：「謀反。霍大人手中有草民和燕王、上官桀往來的證據。」

劉弗陵盯了孟珏片刻，淡淡問：「霍成君有什麼不好？聽聞她容貌出眾。霍光對她十分偏愛，想來性格也有獨到之處。」

孟珏一笑，「草民不但不是一個清高的人，而且是一個很追求權勢的人，可即使是權勢，我也不習慣接受別人強加給我的事情，我若想要會自己去拿。」

劉弗陵聽到「強加」二字，心中觸動，「你既然來見朕，肯定已經想好對策。」

「是，如果霍大人舉薦草民為官，草民想求皇上封草民為諫議大夫。」

劉弗陵垂目想了一瞬，站起了身，「朕答應你。你以後有事，如果不方便來見朕，可以找于安。」

孟玨起身恭送劉弗陵：「謝皇上信任。」

于安隨在劉弗陵身後，行了一段路，實在沒有忍住，問道：「皇上，奴才愚鈍。霍光性格謹慎，在沒有完全信任孟玨前，肯定不會給他重要官職，可也絕對比諫議大夫強。我朝的官職基本沿循先秦體制，先秦並無諫議大夫的官職，此官職是先帝晚年所設，一直未真正編入百官體制中，孟玨要的這個官職似乎不是有權勢欲望的人會想要的，皇上真能相信他？」

劉弗陵說：「一，諫議大夫官職雖低，可父皇當年對全天下頒布『罪己詔』時，曾說過設置諫議大夫的目的：『百官之外，萬民之內。有闕必規，有違必諫。朝廷得失無不察，天下利害無不言。』孟玨是衝著先帝的這句話而去，也是要用此讓霍光不敢再輕易動他；二，如今長安城內重要官位的任命都要經過霍光的手，真是重要的官職，霍光肯定不會輕易答應，孟玨對長安城的形勢看得很透澈，不想為難朕這個皇帝。」

于安琢磨了會兒，似有所悟，喜悅地對劉弗陵說：「難怪霍光對孟玨是不能用之，就只能殺之，孟珏確是人才！昔越王勾踐得了范蠡，就收復了越國，皇上如今……賀喜皇上！」

劉弗陵知道于安極力想讓他開心幾分，可他卻……

劉弗陵打了幾分精神，唇角微抿了抿，算做了個笑，他看了眼于安，淡淡說：「書沒有讀好，就不要亂作比，『飛鳥盡，良弓藏；狡兔死，走狗烹；敵國滅，謀臣亡；功蓋天下者不賞，勇略震主者身危。』越王勾踐可不是什麼好君王。」

于安一驚，立即就要跪倒：「奴才該死！皇上當然……」

「行了，別動不動就跪，你不累，朕還累，傳膳去吧！」

于安笑著行了個半跪禮，轉身吩咐小宦官備膳。

雖然沒有胃口，但因為一整天沒吃東西，晚上又有許多奏章要看，劉弗陵本想強迫自己吃一些，可是看到一道道端上來的菜肴，不禁想起公主府中那個入詩為菜的人，回憶著自己解謎品肴時與做菜人心意相通而笑的感覺，便覺心沉如鉛，勉強動了幾筷子，再吃不下，匆匆起身去了書房。

邊境軍費開支，北旱南澇，減賦稅的貫徹執行，刑罰更改的探討，官員之間的互相彈劾，藩王動靜，各個州府的地方官政績，賢良們議論朝事的文章……

一份份奏章批閱完，已過了二更。

于安打著燈籠，服侍劉弗陵回寢宮。

一出殿門，抬頭間，他才發覺是個繁星滿天的夜晚。不知道是不是因為昨夜颳了一夜的風，今晚的天空乾淨到一絲雲也沒有。

天清透如墨藍水晶，顆顆星辰也是分外亮。

劉弗陵不禁停住了腳步，半仰頭看著瑰麗的星空。

于安暗嘆了口氣，一如往日，靜靜退後幾步，隱入黑暗，給劉弗陵留下一片真正只屬於他的時間和空間。

很久後，于安再次回來，想要勸劉弗陵休息時，聽到劉弗陵聲音細碎，似在說話。

聽仔細了，才辨出是在吟詩，反反覆覆只是那幾個句子，「行行重行行，與君生別離。相去萬餘里，各在天一涯；道路阻且長，會面安可知……相去日已遠，衣帶日已緩……思君令人老，歲月忽已晚……」

于安故意放重了腳步，聲音立即消失。

劉弗陵轉身，提步向寢宮行去。

小宦官在前面打著燈籠，于安跟在後面說道：「皇上，奴才已經命人仔細查訪長安到西域的所有關卡。」

劉弗陵輕輕「嗯」了一聲，「務必小心。」

「奴才明白。還有……奴才無能，那個抓獲的刺客因為傷得很重，一直高燒不退，昏迷不醒，所以還沒有拿到口供，從她身上搜出的東西只有幾個空荷包，沒有線索去查身分，奴才擔心刺客挨不過這幾日，線索只怕就斷了……」

劉弗陵淡淡說：「實在拿不到就算了。昨夜的情形下，能掌握到朕的行蹤，又有能力短時間調集人手行刺朕的，只有一個人，但他卻不是真的想要朕的命。不到絕路，現在的形勢，他不敢輕舉妄動。昨日的行刺更有可能是一種試探。于安，你固然要保護朕，可現在更要注意自己的安全。一個人若想控制一隻飛鳥，他最需要做的是剪去飛鳥的每一根飛羽，讓飛鳥失去飛翔的能力。而你對朕而言，比飛羽對飛鳥更重要。」

于安腳步亂了一下，聲音有些喑啞，「皇上放心，奴才會一直服侍皇上，將來還要服侍皇子皇孫，幫他們訓練稱意的奴才……」

劉弗陵的目光黯淡下來。

于安明白說錯了話，立即閉上嘴巴。

經過偏殿一角，幾個值夜的宦官縮在屋簷下小聲聊天。

劉弗陵隱隱聽到幾句，「……好笑……眼睛疼……都當是毒藥……只是一些古怪的調料……」

話語聲、低低的笑聲陣陣傳來。

劉弗陵腦中如閃過一道電光，全身驟僵。

幼時，雲歌拿調料撒軍官的眼睛。

昨日晚上那個辛辣刺激卻一點毒都沒有的煙霧。

那個女子說雲歌昨日夜裡離開長安……昨日夜裡？

過去、現在的事情交雜在腦中，紛紛紜紜。

于安以為皇上對宦官笑鬧不悅，立即跪下：「皇上，奴才調教手下不力，一定會……」

劉弗陵一字一頓地問：「于安，昨日夜裡的煙霧是調料？」

于安愣了一瞬，命小宦官將聊天的宦官七喜叫過來問話。

來的宦官正是昨日夜裡追孟玨和雲歌的人，「回稟皇上，因為後來起了大火，沒有灰燼可查，奴才們也不能確定那些刺激的煙霧是什麼。後來香氣撲鼻的煙霧倒的確是毒藥，而且是用藥高手配出的毒藥。」

劉弗陵問：「你們剛才說的調料是怎麼回事？」

「回皇上，一個刺客拿了一堆亂七八糟的調料撒我們，嚷嚷著是毒藥，所以奴才們私下開玩笑說只怕先頭的煙霧也是調料所製。」

劉弗陵身子踉蹌，扶住了身側的玉石欄杆，聲音暗啞到透出絕望：「那個拿調料撒你們的刺客有……有沒有……被……殺死？」

從皇上的異常反應，于安明白了幾分，臉色煞白，一腳踢到七喜身上，「這些事情為什麼沒有稟告我？」

七喜忍著疼，急急說：「奴才沒當這是什麼重要事情，那些刺客都用斗篷遮得嚴嚴實實，黑夜裡，又有濃煙，當時還一直流淚，奴才分不清誰是誰，也沒有看清是誰丟我們調料。」

于安喝道：「滾下去！」

他從懷裡掏出幾個荷包遞給劉弗陵，聲音抖著：「皇、皇上，聽負責審口供的下屬回報，那個關在地牢裡的刺客是……是個女子。奴才真是蠢材，看到荷包上的刺繡卻壓根沒有往那方面想，雖然的確很難把雲歌姑娘和刺客聯繫起來，可……奴才真是蠢材！」于安「啪啪」甩了自己兩個耳光，

「皇上，雲歌姑娘只怕在地牢裡……」

劉弗陵拿過荷包，瞟到一個荷包上精工繡著朵朵逍遙的白雲，心驟然一縮，把荷包湊到鼻端聞了一下，是各種調料的味道。

世上有幾個女子貼身攜帶的荷包不裝香料，反倒裝著調料？他緊緊拽著荷包，啞著聲音說：「你還在等什麼？」

于安再不敢遲疑，立即在前面跑著領路。

為了防止犯人逃跑，通向地牢的樓梯修得十分狹窄蜿蜒。因在地下，終年不見陽光，通風又不好，潮濕陰冷的地牢內瀰漫著一股酸腐的味道。

劉弗陵每走一步都只覺心一縮。

雲歌，雲歌，我竟然把妳關在了這樣的地方？

竟然是我讓妳重傷？

從昨夜到現在，整整一天，任由妳躺在這裡等待死亡？

劉弗陵……你究竟在做什麼？

于安近乎蚊鳴地說：「因為想拿口供，命大夫來看過，處理過傷口，關在最好的牢房裡，還專門拿了氈墊……」

于安越解釋，越沒有力氣，當他看到「最好」的牢房裡受著「特殊」照顧的人時，立即閉上了嘴巴。

只見一條粗氈裡裹著一個毫無生氣的女子，烏髮散亂地拖在泥中，面容慘白，連嘴唇都沒有一絲血色。

劉弗陵跪在了她身旁，冰冷的手拂上她的面頰。

滾燙的面容……不是……不是冰冷……

幸虧不是冰冷……

可竟然是滾燙……

雲歌？雲歌？

摸過她的脖子間，雖沒有找到髮繩，可那個竹哨卻是舊識，劉弗陵大慟，將雲歌小心翼翼地擁入懷中，一如小時候。

雲歌一隻腳的鞋子已被鮮血浸透，而另一隻腳的鞋子不知去了何處，只一截滿是污泥的纖足掩在稻草中。

劉弗陵用袖去擦，血色泥汙卻怎麼都擦不乾淨。

他腦海中倏然浮現再熟悉不過的情景：

天山雪駝上，小女孩笑靨如花。

雪白的纖足，半趿著珍珠繡鞋，在綠羅裙下一盪一盪。

他握著竹哨的手緊緊握成拳頭。

由於太過用力，竹哨嵌進手掌中，指縫間透出了血色。

雲歌！雲歌！

九年後，我們居然是這樣重逢了！

第二十章 咫尺天涯

那個曾經不染塵埃的世外精靈，已經不可能再輕盈地翩翩起舞……

也許她選擇飛入長安，本就是個錯誤。

院中的槐樹依然濃蔭可蔽日。

廚房中，一個個整齊擺放著的陶罐裡，還有她沒有用完的調料。

案頭的書籍半開。

榻旁的蠟燭還剩一半。

只是那個笑說著喜歡槐蔭茂密的人，那個喜歡做菜的人，那個為了他遍尋書籍尋找良方的人，卻已經不在了。

蠟燭的前一半陪伴著他們燈下的嬉笑，它的明亮溫暖中蕩漾著他們的溫暖。

而後一半，此時，正映照出牆壁上一個孤單的影子，它的明亮溫暖，似乎只是為了諷刺現在一屋的安靜冷清。

「孟大哥，仍沒有雲歌的消息嗎？」許平君怯生生地立在門口。

孟玨凝視著跳動的燭火，沒有說話。

許平君手扶著門，靜靜站了好久，「孟大哥，對不起，我應該留住雲歌。」

孟玨輕嘆了一聲，終於側頭看向許平君：「平君，妳有身孕，回去休息吧！」

許平君沒有離去，反倒走進屋中，嘴唇翕合，想說什麼，卻說不出來，眼中慢慢有了淚意。

孟玨看著她，原本目中的清冷漸漸雜了幾分憐惜，指了指坐榻，示意她坐。

「平君，雖然沒有一點雲歌的消息，但我並不擔心找不到她。她也許是因為難過，還在外面散心，又肯定不想再見我，所以藏匿了行蹤，但她遲早會回家。只要她回家，我就一定能找到她。」

許平君釋然了幾分，「原來孟大哥知道雲歌的家和親人？那可太好了。」

孟玨看著許平君，「平君，妳和雲歌認識已非一日兩日，可妳怎麼還那麼糊塗？」

「我當時……當時只是覺得雲歌回了家，也許可以少傷心一些。」許平君咬住了唇。

孟玨唇角微揚，似乎在笑，實際上沒有任何笑意，「我知道妳擔心劉病已，而雲歌自從認識病已，就對他與眾不同，在很多事情上對病已近乎言聽計從。可雲歌既然當年未和妳爭，現在即使我傷了她的心，她又怎麼會再去和妳分享劉病已？妳小看了雲歌，更小看了自己，枉雲歌將妳視作姐姐。」

許平君藏在暗處的心思和恐懼被孟玨一語道破，眼淚一下全湧了出來。

這幾日，孟珏和病已都忙著尋找雲歌。病已對她和以往一樣體貼，孟珏卻對她十分冷淡。可她並不怕孟珏的冷淡，雖然不知道為什麼，可她憑直覺，感覺出孟珏也許怪她，但絕對沒有氣她，甚至他還能理解她。她反倒對病已的體貼忐忑不安。

眼前的男子有優雅高貴的舉止，有可敵國的財富，溫和下深藏的是疏狂傲慢，不管是王爺還是霍光都不能令他折腰。

可本該是高高在上的人，卻奇怪地擁有和她一樣的靈魂，一種來自社會底層的陰暗和自私，以及為了卑微心願而不惜付出所有的掙扎。

她知道她的感覺十分荒謬，孟珏怎麼可能和她一樣？可她就是如此覺得，甚至從認識他的第一天起，就有這種想法。

她藏在暗中的那些私心、那些不光明的想法，在他面前似乎都沒有什麼不對，都是十分正常的心願和做法。

「孟大哥，我……我就是怕。雲歌聰明美麗，人又好，可她越是好，我越是怕。病已寫的字，我不認識，可雲歌認識；病已吟出的詩賦，我聽不懂，可雲歌聽得懂；病已笑擺的圍棋，我根本不解，可雲歌知道如何回應病已的嘲笑，她只隨手下了一子，病已就撫掌大笑。而病已……我從來都猜不透他的心思，成婚前是，現在也是。有時候，我甚至連他究竟是高興還是不高興都看不出來。就拿這幾日來說，我寧可他對我發脾氣，怪我為什麼知道雲歌要走，既不告訴他，也沒有盡力挽留雲歌。可他什麼都不說，連一句重話都沒有，對我依然如往常一樣好。怕我累著，每日做飯洗衣都是他幹，怕我在家裡氣悶，帶我出去散步，甚至說我最近笑得太少，講笑話逗我笑，好像我們的生活中，雲歌根本沒有存在過，她的走對我們沒有絲毫影響。孟大哥，我真的不明白病已的心思。我越不懂，越沒底，就越害怕。我是個什麼都沒有的人，父親有和沒有差不了多少，母親根本不喜歡我，在這個世上，我全部的所有只是病已……我知道我不應該，可是我……我必須要守著我唯一所有的東西。孟大哥……對不起……我必須要守著……」

許平君邊說邊哭，說到後來，又是委屈又是抱歉，還有心事傾訴出來的釋然，索性不管不顧地哭了起來，眼淚落得又急又密。

孟玨從榻上拿了一條絹帕遞給許平君，語聲溫和，「我明白。妳做的沒有什麼不對。每個人都有權力，也都應該盡力守護自己的幸福。」

許平君沒有想到最應該因為雲歌而怪她的人，竟然對她沒有絲毫怨怪，「孟大哥，我……」她心裡越發難受，手中握著帕子，眼淚落得更急。

「平君，妳雖然聰明，可妳差了一點識人之明，眼界又局限於市井中，心胸不夠開闊，所以妳的聰明終落了下乘，只是小聰明。若是個一般男子，妳的能力足夠應付，可病已不是一般的男人，妳的自以為是也許有一天會害了妳。」

許平君慢慢停止哭泣，怔怔地望著孟玨，忽想起雲歌臨走前和她說過的那句話，「孟大哥，雲歌在走前，和我說過一句話，她說感情就像用手去握水，如果我太用力，攥得越緊，最後握緊的拳頭中一滴水都不會剩下。我以為她是在說自己，原來……原來她說的是我？」

孟玨的神情一黯。

許平君慢慢體會出雲歌話中的意思和對她的擔心。

剎那間，滿心的後悔和難過，讓她眼淚又湧了出來，「孟大哥，雲歌、雲歌她和你一樣，已經看透我的心思。她那麼急著走，固然是因為生了大哥的氣，可也是因為……因為我。」

孟玨淡淡笑著，沒有說話，顯然沒有否認許平君的話。

對雲歌而言，世間萬物，再寶貴都只是過眼雲煙，只有情義才是她心中的珍寶，也才能留住她。短短一日間，她發現自己失去了愛情，又緊接著發現擁有的友情也在猜忌中搖搖欲碎。那長安城還有什麼可留念？

決然地轉身離去，既是逃避開失望的愛情，也是盡可能保存剩下的兩份友情。

那一夜間，雲歌的心會如何痛？

那個曾經不染塵埃的世外精靈，已經不可能再輕盈地翩翩起舞……

也許她選擇飛入長安，本就是個錯誤。

院中槐樹的陰影下，靜站了很久的劉病已，輕輕轉身，隱入院外的夜色中。

屋內的對話雖只聽到一小半，但他們所談的內容，他早已大致猜到。

出乎意料的是，平君竟然和孟玨如此親近？

他們兩人從什麼時候就有了這份投契？

許平君依舊低著頭哭泣。

孟玨對她的氣早已全部消散，此時只剩憐惜，「平君，妳想守護妳的幸福，可妳的守護方法對嗎？現在碰到的是雲歌，她會讓妳，可如果有一日，病已碰到一個女子，也聰明美麗，懂得一切雲歌懂得的東西，她卻不讓妳，妳該如何？」

許平君嘴唇翕動：「我……我……她……不會……」卻沒有一句完整的話。她想說，那麼好的女子不屬於她和病已的世界，可是雲歌怎麼會進入了他們的世界？孟玨又怎麼認識了他們？她想說，病已不會拋棄她，可病已難道會因為雲歌就拋棄她嗎？她又為何，每次看到雲歌和病已說著她不能理解的話時就那麼難受？

半晌後，許平君擦去了眼淚，抬頭凝視著孟玨，輕聲問：「孟大哥，你說我該怎麼辦？」

孟玨讚賞地笑了：「妳總想用手去抓住離妳很遠的東西，為什麼不嘗試一下自己走得更近一些再伸手呢？」

許平君皺眉思索：「走得更近一些？」

「妳說雲歌能看懂病已寫的字，妳看不懂。難道妳不能學著去看懂嗎？可以問病已，可以問雲歌，一天只學十個字，一年就是三千六百五十個字了。妳說妳聽不懂病已說的話，雲歌卻能聽懂，妳為什麼聽不懂呢？聽不懂的話，可以問雲歌，這次聽不懂，弄懂了，下次就可以聽懂了。雲歌書架上的書，如果妳要看，她肯定會很樂意給妳講解。琴棋書畫，妳幼時不能學是因為沒有錢請人教，可現在妳周圍都是免費的先生，妳若真因為這些自卑，為什麼不可以努力把妳的自卑抹去呢？」

許平君心內震撼。她從沒有如此想過！

她只顧著羨慕嫉妒雲歌所擁有的，只顧著猜度劉病已的心思，卻從沒有想過自己，她總是暗自怨雲歌，怨病已，殊不知一切的一切，她才是錯得最多的一個。

「孟大哥，我懂了。我如果因為這些，覺得自己和病已不是一個世界的人，那麼我應該做的是努力讓自己進入病已的世界，而不是想方設法把他拖進我的世界，或者阻止別人進入他的世界。」

許平君只覺得眼前豁然開朗。

原來她陷在一口井中，知道外面另有一個天地，可自己的天卻只有井口那麼大。她羨慕外面的天地，不滿意自己的黑暗世界，卻不知道該怎麼辦。時間越久，只覺得自己的天地越發黑暗，那井越發的深，原本光明的人也漸漸變得陰暗。

她何嘗沒有痛恨過自己有負雲歌對她的一片心意呢？她又怎麼沒有懷念過剛認識雲歌時的坦誠明快呢？

她蹲在井底，想抓住自己的光明，可每一次的掙扎跳躍，都不是跳出井口，而是一次又一次的落下，在污泥裡陷得更深。

現在，她已經知道如何爬上井口，走到外面那個天地的方法，雖然會很慢，可是她不怕，她會努力地、慢慢地順著孟玨指點給她的梯子，走出她的陰暗。

孟玨道：「如果妳想學任何東西，都可以來找我，我雖沒有時間，可三月她們會很樂意教妳。」

許平君起身向孟玨行禮：「大哥，謝謝你。」孟玨本要扶她，但聽到許平君將「孟」字丟掉，叫的是「大哥」，心中倒是莫名地一暖，手就又縮了回來，任由許平君行了一禮。

許平君離去後，屋內只剩他一個人。孟玨隨手拿起一卷書想分散一下心神，卻看到雲歌在旁邊的批註。她的批註很奇怪，只是圖案，如果喜歡就是一個笑咪咪的太陽，若不喜歡就是一朵耷拉著的花。

孟玨看著那個神采飛揚的太陽，眼前閃過烈火濃煙中雲歌悽楚的眼神，猛然用力把書冊合上。

雲歌，妳現在在哪裡？

長安城，大司馬府。

霍氏已經掌控了未央宮的侍衛，但侍衛只負責守護宮廷門戶，不能在宮廷內隨意走動，所以霍氏對皇上日常的一舉一動無法及時掌握。要想及時得到皇上的一切消息，必須安排宦官和宮女到御前侍奉，可宮廷總管于安是先帝任命，在宮內根基深厚，又對劉弗陵死忠，所以御前竟沒有一個霍氏的人。

霍禹幾次試探逼迫，都被于安不落痕跡地化解了，惱怒下，決定來個硬碰硬，看看這個閹人能有多大能耐。趁皇上不在長安，身在驪山，霍禹命霍山精心挑選一批刺客，去刺殺于安。只要殺了于安，日後宮廷內的一切都會好辦，安排宦官宮女也會隨他們的心意。

卻不料派出的好手一去不回，連屍身都找不到。而他在驪山見到于安時，于安一根汗毛都未掉，笑容依舊是那副陰惻惻的樣子，他這才明白為什麼連父親都對這個閹人一直存著幾分忌憚，也才真正理解父親一再說的那句話：「先皇不會挑一個庸人放在如此重要的位置上。」

霍禹在父蔭的庇護下，自小到大一帆風順，幾曾吃過如此的暗虧？他氣得肺都要炸開，卻只能在霍山和霍雲面前大罵。

霍雲勸道：「大哥，這事是我們擅自行動，未和叔叔商量過，所以就此揭過，以後都不要再提了。不然讓叔叔知道，只怕罰我們跪祠堂都是輕的。」

霍山不服，「難道就讓這個閹人繼續在那裡得意？我們送進宮的人，除了上官丫頭的椒房宮他不怎麼插手，其餘哪個沒有被他使陰招？這次折損了我多少好手？就白白折損了？」

霍雲瞪了眼霍山，「二哥，你就少給大哥添亂了！這些好手也不算白折損，至少我們知道了于安這幫宦官的實力，知己知彼，方能百戰百勝。等到日後想剷除他們時，心裡有底。」又對霍禹苦勸，「大哥，君子報仇十年不晚，叔叔為了收拾上官桀，隱忍了多少年？」

霍禹明白霍雲說的全都有理，若讓父親知道這事，只怕他更倒楣，這口氣只能暫且吞下去，點點頭，「雲弟說得有理，這事就當沒有發生過，以後誰都不許再提。于安……」霍禹重重冷哼了一聲，「你以後千萬不要落在我手裡！」

「煎熬」二字，為何底下是火形，于安第一次真正明白。

這幾日，皇上不就是如同在火上慢慢地烤著嗎？每時每刻都是煎熬。

那個昏迷不醒的人就是那把火，把皇上的痛苦自責匯聚成湯，燒得越來越燙，越來越濃。

如果那個人永遠醒不來，這鍋天下最苦的湯滾沸時，皇上會怎麼樣？

于安打了個顫，不敢再想，對自己喃喃說，「會醒來的。我們有大漢最好的大夫，有最好的藥，一定會醒來。」

看見張太醫出來，于安立即迎了上去，「張太醫？」

張太醫先給于安請安，張太醫的父親就曾在太醫院任職，父子二人的脾氣都很耿直，話語間常得罪權貴，劉弗陵卻很欣賞張太醫這一句是一句的脾氣，于安自也不敢輕慢，忙伸手扶起了張太醫。

張太醫道：「傷得太重，又耽誤了醫治時間。在下醫術有限，藥石的效力已做到極致，現在只能聽天由命了。」

于安聽到後，知道張太醫剛才對皇上說的肯定也是這番話，心沉了下去，不禁長嘆口氣，對神色黯然的張太醫擺了擺手，「張太醫家學淵源，醫術已經是太醫院的翹楚，這事……唉！不是你的錯，是我的錯。」

張太醫也是重重嘆了口氣，「世人都以為天下醫術最高超的人是太醫院的大夫，其實根本不是。風塵中多有藏龍臥虎之輩，在下聽父親提起過，很多年前，長安城內有一個人的醫術可以說是『扁鵲再生』，我們和此人比，不過都是沽名釣譽之徒。若他能給雲姑娘看病，也許情形會大不一樣。」

于安眼睛一亮，「那個人如今在哪裡？我派人去請。」

張太醫搖搖頭，「若在下知道他在哪裡，早就求皇上派人去請了，身為醫者，卻不能救人，那種無力感……唉！聽父親說，那個人很多年前就離開了長安，早已不知去向。只希望他能收個有天分的徒弟，萬萬不要讓一身醫術失傳。否則不僅是醫界的損失，也是天下百姓的損失。」

于安失望之色盡顯。張太醫行了個禮後，腳步沉重地離去。

于安想進屋去寬解一下皇上，剛到門口，就聽到屋內傳出了簫音，隔著珠簾望去，榻上的女子烏髮玉顏，榻側的男子眉清目朗。此時男子正坐在女子身側，為她吹簫。

皇上的簫音如他的人，清淡冷漠。

只是這一次的簫音和往日略有不同，清冷下流淌著思念多年的情愫。

于安轉身退出了屋子。

珠簾內的世界只屬於他們，是皇上等待了九年的相聚。

劉弗陵看到雲歌緊蹙著的眉頭，在他的簫聲中有幾分舒解，心中略微好過。

一曲終了，他俯在雲歌耳邊，輕聲說：「雲歌，我知道妳不是一無所知。妳一定可以醒來，我會一直在這裡等妳。妳答應過要來見我，妳不能食言……」

「陵……哥哥……」

劉弗陵的心驟然大跳，心頭狂喜，立即側頭看向雲歌，緊接著卻發覺那只是雲歌昏迷中的一句胡話，人依舊是昏迷未醒。

一瞬的失望後，他心中又慢慢透出喜悅，還有絲絲縷縷的心酸。

雲歌仍舊記得他，念著他。

明知道雲歌聽不見，那句「陵哥哥」也不是特意叫他，可他依舊極其鄭重地握住雲歌的手，答應了一聲：「雲歌，我在這裡。」

雲歌的眉頭又蹙了起來，似乎很痛苦。

劉弗陵忙查看了下她的傷口，「傷口又疼了嗎？」

雲歌的眉目間似乎凝聚了很多的難受，唇在微動，劉弗陵忙俯到她的嘴邊傾聽。

「孟……孟……」

「陵……」

「壞……石……頭……」

「孟……」

一聲聲近乎聽不清楚的低喃，也似沒有任何意義。

劉弗陵卻在一聲又一聲的低喃中，心漸漸發冷，向著一個沒有光亮的深淵沉了下去。

第二十一章 一年之約

他的生命中已經有太多無可奈何，
所以他一直儘量避免再因為自己的身分而製造他人生命中的無可奈何。
可是他正在讓雲歌無可奈何，
這本是他最不想的事情，卻又是一個無可奈何。

也許是劉弗陵簫聲中的情意挽留，也許是雲歌自己的求生意志，雲歌的病情漸漸緩和，燒也退了下來。

雲歌睜眼的剎那，隱約覺得有一人在俯身看她，恍惚中只覺又是心痛又是身痛，無意識地叫了聲：「玨，我好痛！」就像兩人正好時，什麼委屈和不高興都可以和他抱怨。

話出口，立即想起孟玨已經不是她的孟玨了，心狠狠一抽，待看清眼前的人，雲歌如遭雷擊，只覺一瞬間，她的世界全部錯亂。

劉弗陵裝作沒有聽見前面的字，柔聲說：「再忍一忍，我已經讓大夫下了鎮痛藥，等藥效散發出來，就會好一些。」

雲歌呆呆凝視著他，劉弗陵也看著她。

他的幽黑中隱藏了太多東西，只需輕輕一捅，她就能全部讀懂，但她不能。

她的視線猛地移開，緩緩下移，看向他的腰間。

沒有玉珮，她心中一鬆。

劉弗陵從于安手中拿過玉珮，遞到她面前，「我很少戴它。」

她怔怔看著玉珮，眼中有驚悸，有恐懼，還有絕望。

劉弗陵一直靜靜等待。

很久後，雲歌扭過了頭，眼睛看著屋子一角，很冷淡、很客氣地說：「素昧平生，多謝公子救命大恩。」

劉弗陵手中的玉珮掉到了地上，「噹啷」一聲脆響。

他眼內只餘一片死寂的漆黑。

她的身子輕輕顫了下。

金色的陽光從窗戶灑入，照在榻前的兩人身上。

脈脈的溫暖將男子和女子的身形勾勒。

屋內，卻只有連溫暖的陽光都會窒息的寂靜。

她的眼睛依舊死死盯著牆角，很清淡地說：「公子若沒有事情，可否讓奴家歇息？」

他站起，十分平靜地說：「姑娘重傷剛醒，還需好好休息，在下就不打擾了。萬事都勿往心上去，養好身體才最重要。」作揖行了一禮，出屋而去。

她只覺心中空落落，腦內白茫茫。

似乎再往前一小步，就會摔下一個萬劫不復的懸崖，她只能拚命後退，一遍遍地告訴自己，她的陵哥哥是劉大哥，和許姐姐已成婚。

絕對，絕對，絕對不會有錯！

絕對不會有錯！

雲歌還不能行動，為了鎮痛，藥石裡添了不少安神的藥，每日裡昏昏沉沉，醒一段時間，又睡大半日。

她醒轉時也不說話，人只怔怔出神。

于安問雲歌想要什麼，想吃什麼，她也像是沒有聽見，一句話不肯說，什麼表情都沒有。

若不是知道雲歌肯定會說話，于安會把她當成啞巴。

雲歌只想把自己封閉起來，不想去接觸外面的世界。她只想躲在她的牆角裡，絕不想往前走。

雲歌沉默，劉弗陵也是沉默。

都在沉默中消瘦，都在沉默中憔悴。

兩個近在咫尺的人，卻好像遠隔天涯。

劉弗陵又來看過雲歌兩次，可雲歌每次都只盯著牆角，一眼不看他，說話十分客氣有禮，可那種客氣禮貌只會讓人覺得她的冷淡和疏遠。

劉弗陵每來一次，雲歌的病勢就會反覆。

有一次甚至又發了高燒，搞得張太醫完全不明白，病情明明已經穩定，怎麼會突然惡化？

從那後，劉弗陵再沒來看過雲歌，澈底消失在雲歌面前。

只有侍女抹茶與雲歌日日相伴，于安偶爾過來查看一下她的飲食起居。

那個攪翻了她世界的人好似從未存在。雲歌也一遍遍告訴自己，沒有錯，一切都沒有錯！

她總在昏睡中憶起，夢中的碎片十分清晰。

深夜時，會聽到隱隱約約的簫聲，綿長的思念如春雨，落無聲，卻有情。

她在夢裡的碎片中，似乎是欣悅的，有大漠的驕陽，有唧唧喳喳的故事，有嘻嘻哈哈的笑。

可她會在醒來後努力忘記。

清醒的時分，全是痛苦，各式各樣的痛苦，根本不能細思，她只能什麼都不想，什麼都忘記。

一日午後，藥力剛退。

雲歌似睡似醒間，半睜開眼，看到一抹淡淡的影子投在碧紗窗上。她立即閉上了眼睛，告訴自己什麼都沒有看見，也什麼都不知道。

中午的太陽，正是最烈。

那抹影子一直未消失，她也一動不敢動。
聽到于安細碎的說話聲，那抹影子低低吩咐了句什麼，終於消失。
她緊懸著的心才稍鬆，接著卻有想哭的感覺。
她一邊告訴自己，沒有道理，怎麼能胡亂哭？那只是個好心搭救了她的陌生人，一邊卻有淚印到了枕上。
從此後，每個中午，雲歌人躺在榻上，雖然剛吃過藥，本該最瞌睡，神思卻總是格外清醒。每個中午，他都會揀她吃過藥的時分來看她，也都只是隔著碧紗窗，靜靜地站在院中，從未踏入屋內。
悄無聲息地來，又悄無聲息地走。
有時時間長，有時時間短。
屋內，屋外，這一站就是兩個月。

一日晚上。
抹茶服侍雲歌用過藥後，雲歌指了指屋中的藤椅，又指了指院內的紫藤架。
抹茶以為她想出去坐，忙說：「小姐，不可以呢！妳傷得重，還要再養一段時間，才好下地。」
雲歌搖了搖頭，再指了指藤椅。
抹茶終於會意，雖不明白雲歌想做什麼，仍依言把藤椅搬到紫藤架下擺好。

雲歌隔窗看了眼外面，又闔目睡了。

第二日。

劉弗陵來時，聽屋內安靜一如往日。他仍舊頂著烈日，立在了碧紗窗下，靜靜陪著她。

即使她不想見他，可知道她在窗內安穩地睡著，知道她離他如此近，再非不知距離的遙遠，他才能心安。

于安來請劉弗陵回去時，看到藤架下的藤椅，皺了眉頭。

抹茶立即惶恐地低聲說：「不是奴婢躲懶沒收拾，是小姐特意吩咐放在這裡的。」

劉弗陵已經快要走出院子，聽到回話，腳步立即停住，視線投向窗內，好似要穿透碧紗窗，看清楚裡面的人。

于安驚喜地問：「小姐說話了？」

抹茶搖搖頭。

于安不知道皇上和雲歌究竟怎麼回事，不敢深問，不過既然是雲歌吩咐的，他自不敢命抹茶收了藤椅，遂只擺擺手讓抹茶下去。

于安對劉弗陵低聲說：「皇上，七喜來稟奏，霍光大人已經在上頭的大殿等了一陣子。」

劉弗陵沒有理會于安的話，反倒回身走到藤架下，一言不發地在藤椅上坐了下來。

于安又是著急，又是不解，剛想問要不要讓人傳話命霍光回去。

劉弗陵卻只坐了一瞬，就又起身，匆匆離去。

于安看得越發糊塗，只能揉著額頭，恨爹娘少生了兩個腦袋。

雲歌的傷好得極慢，一半是因為傷勢的確重，一半卻是心病，等勉強能下地時，已是深秋。在榻上躺了兩個月，雲歌早已經躺得整副骨架都癢，好不容易等到大夫說可以下地，立即就想出屋走走。抹茶想攙扶雲歌，她推開了抹茶，自己扶著牆根慢慢而行。

她一直不知道自己在哪裡，也不知道自己怎麼會在這裡，但這些事情在她驟然顛倒的世界裡，根本不算什麼。

雲歌沿著牆慢慢走出了院子。不遠的一段路，卻出了一頭的汗。太久沒有走路，她實在討厭軟綿綿的自己。她還想順著臺階再往上爬一段路，卻已是力盡，腿下一軟就要跌倒，身後的人忙扶住了她。

雲歌本以為是抹茶，一回頭，看見的卻是劉弗陵，身子立即僵硬。

她急急地想掙脫他，可因為劍氣傷到了肺，此時一急，不但用不上力，反倒劇烈地咳嗽起來。

劉弗陵一手扶著她，一手替她輕順著氣。

她想讓他走，話到了嘴邊，看到那雙幽深的眸子，緊抿的唇角，她只覺心中酸痛，根本什麼都說不出來。

她推開了他的手，就勢坐在臺階上，把頭埋在膝蓋上，不想再看，也不想再感知。

好像這樣，她的世界就會如常。

劉弗陵默默坐著，眺望著下方金黃燦爛的樹林，好似自言自語地說：「看到前面的樹葉了嗎？

讓人想起大漠的色彩。我每年都會在這裡住一段時間，有空閒時，最喜歡待的地方就是這裡，白天可以賞秋景，晚上可以看夜空。這麼多年，別的事情沒有什麼長進，對星象卻很有研究，東宮蒼龍、角木蛟、亢金龍、氐土貉、房日兔……」

雲歌的眼淚一滴滴落在裙上。

東宮蒼龍、北宮玄武、西宮白虎，南宮朱雀，還有角、亢、氐、房、心、尾、箕、鬥、牛、女、虛、危、室、壁、奎、婁、胃、昴、畢、觜、參……

她也全都研究過，翻著書，再對著星空找，日日看下來，竟比那些熟悉天象星斗的算命先生懂得還多。

她知道他會知道，也會懂得。

她知道「君心似我心」，卻沒有做到「定不負君意」。

她現在何來顏面見他？

劉弗陵抬起了雲歌的頭，替她把眼淚擦去，「雲歌，妳我真素昧平生嗎？妳真要我以後都稱呼妳『小姐』、『姑娘』嗎？」

雲歌只是無聲地落淚，眼中充滿痛苦和迷茫。

劉弗陵不捨得再逼她，「我送妳回去吧！」

雖然吃了有助睡眠的藥，雲歌卻一直睡不著，半夜裡聽到隱約的簫聲，吹的是十分熟悉的曲子。

原來一切都不是夢！

雲歌輾轉反側了半晌，還是披了衣服起來。

于安看到一個人躲躲藏藏地隱身到暗處，驟然大怒。溫泉宮都有人敢窺伺皇上？

待到跟前，發現是雲歌，于安搖頭嘆氣，轉身想走，卻又轉了回去，「雲小姐，奴才有幾句話說。」

雲歌一驚，轉身發現是劉弗陵的貼身隨從，她沒有說話，只默默站著。

于安略躊躇了一下，還是決定豁出去了，開始把劉弗陵這些年的日常生活像報帳一樣地報給雲歌聽：

少爺一直等著持髮繩的人。

少爺愛看星星。

少爺偏愛綠色。

深夜裡，少爺睡不著時，就會吹簫，可翻來覆去卻只是一首曲子……

一口氣竟然說了半個多時辰，等他說完，雲歌早已是淚流滿面。

于安清了清嗓子，「雲小姐，妳這整日不說話算怎麼一回事情？不管妳心裡怎麼想，妳總應該給少爺講清楚。奴才的話說完了，奴才告退。」

劉弗陵倚著欄杆，默默看著滿天繁星。

他聽到身後動靜以為是于安，卻半天沒聽到說話請安，一回頭，看到雲歌正俏然立在長廊下。

劉弗陵忙走了幾步，把身上的披風解下，披到了她身上，「怎麼還沒有睡？這裡風大，我送妳回屋。」

她拽住了他的衣袖，示意他止步。

雲歌靠著欄杆坐下，側頭望著遠處，將她在長安的經歷淡淡道來：「髮繩被娘親拿走了，我已經到長安一年多。來長安前，我還一直犯愁沒有了信物，該如何尋找陵哥哥，卻沒有想到第一日就碰見了陵哥哥……」

劉弗陵聽到有人和他長相相似，還有塊一模一樣的玉珮，心中陡然劇震，但讓他更傷痛的是天意弄人。

雲歌淡淡地講述著她又遇見了另外一個人，表情淡漠，好似講著別人的故事。她不願意提起那個人的名字，只簡單地用一個「他」字，從相遇到別離，三言兩語就交代過，可她扶著欄杆的手，拽得緊緊，臉色也是煞白。

「……他是流水無情，我空做了落花有意。既然我已經違約，你也不必再遵守諾言。我的傷已經快好，也到我該告辭的時候了。」

劉弗陵扳著雲歌的肩頭，讓她看著他，「妳沒有違約，這只是……只是陰差陽錯。雲歌，如果妳現在幸福，我會把珍珠鞋還給妳，當年盟約一筆勾銷。不過妳已經決定斬斷過去的事情，那我不想把珍珠鞋還給妳。我不要妳現在答應什麼，但是希望妳給我們一些時間，我只要一年。如果一年後，妳還想走，我會把珍珠鞋還給妳。」

雲歌再難維持自己的淡漠，眼內珠淚滾滾，猛然偏過了頭。

她寧願他罵她，寧願他質問她既有盟約，怎麼可以背約？寧願他大怒，生氣她的負心。

可他只是這樣看著她，面容平靜，語氣清淡，似乎沒有任何情緒流露，可那暗影沉沉的眼睛內是心疼，是苦澀。

劉弗陵用衣袖替雲歌把淚拭去，「不要迎風落淚，太傷身子。」

他微微一笑，語氣刻意地放輕快，「雲歌，至少也該把未講完的故事講完，這都九年了，別的小狼，兒子孫子都一大堆，我們的那隻小狼卻還在被妳打屁股，打了九年，什麼氣也該消了，只是可憐了小狼……」

雲歌噗哧一聲，破涕為笑，可還未及展開笑靨，眼淚又落了下來。

雲歌不再拒絕見劉弗陵，只是兩人之間的話依舊不多。

劉弗陵本就是話少的人，雲歌卻是因為心身皆傷，很多時候不願意說話。

常常兩人共在一屋，卻半日都不說一句話。

有時候時間久了，守在外面的于安和抹茶甚至會懷疑，屋子內真有兩個人？

雖沉默的時間很多，可兩人自有自己的相處方式。

劉弗陵幫雲歌找了琴，又尋了一大卷奇聞異志，兩人撫一段琴，看一會兒奇聞傳說。看到滑稽好笑處，她會微抿著唇笑，他會凝視著她，眼中也盛了笑意。

劉弗陵對雲歌若對朋友，既不提起過去，也不提起未來，既未刻意親近，也未刻意保持距離。他的淡然態度影響了她，她面對他時，緊張愧疚漸去，本性中的疏朗閒適漸漸顯露。兩人本就比常人多了一分默契，常常一言未說，對方已能知道自己的心意，此時相處日久，又慢慢地生了很多隨意。

劉弗陵把宮裡能找到的菜譜都命人搬了來，讓雲歌閒時看著玩。有不少絕譜異方，還有一些講述食材的相生相剋，卻多是隻言片語，未成體系，雲歌看得心神意動時，往往跺足嘆氣。

劉弗陵鼓勵她提筆寫食譜。

自古「君子遠庖廚」，文人墨客不會願意提筆去記錄廚房裡的事情，而廚師又不會寫文章，難得雲歌二者皆會，不如寫一份食譜，記錄下當代的飲食烹飪，為後來人留一份資料，省得以後的人也邊看邊嘆氣。

雲歌豪氣盈胸，決定從現在開始就整理筆記，為日後寫食譜傳世做準備。

劉弗陵卻不許她動筆，只讓她做好記號。

他處理完公事後，會幫她把看中的菜譜仔細地謄抄下來。

有些遠古探討食材的文章使用太多傳說，文字又晦澀難解，他會幫她一一注釋，把出處都寫明，方便她日後尋根究柢。

劉弗陵寫得一手好字，字字都可以拓下，供後人臨摹。

滿幅小篆，恍如龍遊九天，看得雲歌忍不住擊節讚嘆：「傳說李斯的一手小篆讓荀子看後，三月不知肉味，當即決定破格收他做學生。荀子若還在世，肯定也非收你做學生不可，不過他若知道你用這麼好的字來給我寫菜譜，定要罵我無知婦人。」

劉弗陵的博文強知也讓雲歌驚嘆，他的腦袋好像把所有書都裝在裡面，任何一個典故，不管如何生僻，他都不用翻書，看一眼就能想到出自何處，甚至哪一章哪一節。

雲歌的身體漸好，身上的萎靡之氣也漸去，靜極思動，常常刻意刁難劉弗陵。

劉弗陵不在時，她就東翻西找，尋了一些稀奇古怪的字句來考劉弗陵，從諸子百家到詩賦，從典故到謎語。

剛開始，劉弗陵提筆就給出答案，到後來，需要思索片刻，時間有長有短，但也都能說出答案。

只要劉弗陵答對，雲歌就算輸，需給他彈一首他指定的曲子。

日日下來，雲歌本來極糟糕的琴藝，突飛猛進，而雲歌也從音樂中窺得了一個被她疏忽的世界。

雲歌若贏了，劉弗陵就需做一件她指定的事情，只是雲歌到現在都沒有機會行使她的權利。

雲歌日日輸，輸得一點脾氣都沒有，絞盡腦汁地想了又想，恍然大悟，這些書都是他命人搬來給她的，既然是他的書，那他自然都看過，如此相鬥，她當然贏不了，要想贏，只能跳出這些書。

跳出這些書？

說說容易，雲歌想著堆滿幾屋的書，臉色如土。

劉弗陵進屋後，看到雲歌歪在榻上翻書，聽到他進屋，眼睛抬都未抬，很專心致志的樣子。丫頭抹茶卻是眉梢難掩興奮，站在門側，隨時待命的樣子。

于安剛想幫劉弗陵淨手，劉弗陵擺了擺手，讓他下去，徑直走到桌旁，拿起雲歌出的題目。

「天上有，地上無；口中有，眼中無；文中有，武中無；山中有，平地無。打人名。」

話語直白淺顯，卻不好答。

劉弗陵凝神思索，先典故，再拆字，到化形，竟無一人合這句的意思。

劉弗陵想著不如放棄，讓雲歌贏一次。雲歌生性好動，這個遊戲是怕她悶，所以才不讓她贏，好讓她繼續刁難著玩。

卻在放下絹帛的剎那，恍然大悟，他是鑽入固定思路了，誰規定「打人名」就是一個古人或者名人？就是書冊上的名字？

這一個謎面，含了兩個人的名字，雲歌卻故意不說清楚。

雖然雲歌這個謎題出得有些無賴，不過就對他們兩人而言，也勉強說得過去。手指從她所寫的字上撫過，劉弗陵眼中有了笑意。

抬眼看到她唇角偷抿著的狡慧笑意，他心中一蕩，放下了絹帛。

「我猜不出。」

雲歌立即丟了書籍，拍手大笑，「抹茶。」

抹茶忙搬了炭爐、茶釜進來，顯然主僕兩人早已商量好。

雲歌笑吟吟地對劉弗陵說：「我口渴了，麻煩陵公子煮杯茶給我。」

立在簾子外的于安也帶了笑意，皇上自小聰慧過人，所學廣博，神童之名絕非白得，吟詩作賦、吹曲彈琴，皇上都是信手拈來，可這烹茶嘛……

有得瞧了！

劉弗陵很平靜地蹲下，很平靜地盯著炭爐，很平靜地研究著。

雲歌等了半晌，看他只盯著炭爐看，十分納悶，「這個爐子怎麼了？不好嗎？」

劉弗陵平靜地說：「我正在想這個東西怎樣才能有火。如果妳口渴，還是先喝點水，我大概需要一點時間才能弄清楚。」

他的表情太過坦然平靜，讓雲歌想笑反倒笑不出來，她怔了一下說，「我教你，不過只負責口頭指點。你要親手煮來給我喝，不然我就白贏了。下一次贏你還不知道什麼時候呢！」

劉弗陵微笑：「肯定會讓妳喝到口。」

一個說，一個做，于安和抹茶在簾子外悶笑得腸子都要斷掉。

畢竟有幾個人能看到堂堂一朝天子，捋著袖子，手忙腳亂地生火、汲水、烹茶？

好不容易，茶煮好了，劉弗陵端了一杯給雲歌，雲歌喝了一口，頓了一瞬，才勉強嚥了下去，微笑著問：「你放了多少茶？」

「妳說水冒如蟹眼小泡時放茶，我看罐子裡茶不多，就都放了進去。放錯了嗎？」

于安和抹茶都是身子一抖，一罐子都放進去了？皇上以為他在煮粥嗎？

于安有些心疼地暗嘆，那可是武夷山的貢茶，一年總共才只有四兩三錢，這壺茶實在是很貴重！貴重是極貴重了，可那個味道……

于安此時忽地對雲歌的微笑有了幾分別的感觸，也開始真正對雲歌有了好感。

起先坐得遠，沒有留意。雲歌此時才看到劉弗陵的手有燙傷，臉側有幾抹黑跡，她的笑意慢慢都化成了酸澀，幾口把杯中的茶盡數喝下，「不錯，不錯。」

雲歌看劉弗陵想給自己倒，忙一把搶過茶壺，順手拿了三個杯子，恰好斟了三杯。她自己先拿了一杯，「于安，抹茶，難得你們家少爺煮茶，你們也嚐嚐。」

于安和抹茶面面相覷。雲歌眉毛輕揚，笑咪咪地盯向他們，「你們笑了那麼久，也該口渴了。」

于安立即快步而進，抱著壯士斷腕的心，咕咚咕咚一口氣喝下。

抹茶握著茶杯，喝了一口，嘴裡已經苦得連舌頭都麻木了，臉上卻要笑得像朵花，「謝謝小姐賜茶，奴婢到外面慢慢喝。」

雲歌的反應固然機敏，可劉弗陵自小到大，整日裡相處的哪個不是心機深沉的人？

他心中明白，面色未動，只深深地看著雲歌。

看雲歌面色怡然地品著茶。

他想要拿過雲歌手中的杯子，雲歌不肯放，他索性強握著雲歌的手，把剩下的半杯喝了。

雲歌愣愣看著他，他淡淡一笑：「從今往後，有我在，不會讓妳獨自一人吃苦。」

雲歌心中一酸，裝作沒有聽懂他的話，抽了一塊絹帕給他，強笑著說：「你臉上有炭痕。」

劉弗陵用帕子擦了幾下後，還有幾點地方沒有擦去，雲歌看得著急，自己拿了帕子替他擦，縮手時，劉弗陵卻輕輕握住了雲歌的手，雲歌身子僵硬，低著頭，把手緩緩抽出，「我有些累了。」

劉弗陵臉色一黯，起身道：「那妳先休息一會兒，晚膳晚點用也可以。」

雲歌低著頭沒有說話，聽到腳步聲漸漸遠去，她突然站起，叫了聲：「抹茶。」
抹茶忙進來，聽吩咐。
「妳去和于安說一聲，說陵哥哥的手被燙了。」
抹茶點了點頭，一溜煙地出了門。

雲歌的身體漸漸好轉，只是那一劍傷得太重，雖有名醫良藥，還是留下了咳嗽的病根。
劉弗陵神傷，暗中命太醫院的所有太醫都去好好研究治咳嗽的藥方，有成者重賞。
雲歌自己倒不在乎，「命能保住已經萬幸，只是偶爾咳嗽幾聲，不要緊。」
山中無日月，時光如水一般流過。
雲歌受傷時是夏末，等病全好已經冬初。
她盡力克制自己不去想那個人，白日裡還好，她可以努力給自己找事情，可夜深人靜時，卻總無法不難過。
想著他如今也該和霍家小姐舉案齊眉了，說著那和自己無關，可是當日風中他綰著她的頭髮所說的「綰髮結同心」卻總會突然跳到腦中，如今他應該替霍家小姐綰髮插簪了吧。
慶幸的是，她對他的恨意淡了許多。
恨的滋味像是中了傳說中的苗疆蠱毒，無數蟲子日日啃噬著你的心，是痛中之痛。

雲歌不喜歡恨人的感覺。

他負了她，她卻負了陵哥哥。

山盟海誓猶在耳，卻禁不起世間的風吹雨打。

她禁不住他的誘惑，他禁不住世間權力的誘惑，所以她恨不起他，若要恨，她該恨的是自己，恨自己未帶眼識人，恨自己太過自以為是。

看到劉弗陵進來，對著一爐熏香發呆的雲歌急急跳起，劉弗陵眼睛一黯。

雲歌知道自己想掩飾，反倒落了痕跡，何況她想瞞他也太難，索性不再刻做歡顏，只靜靜地看著他。

劉弗陵走到她面前，凝視了她一會兒，忽地輕輕嘆了口氣，把她攬進懷中，「怎麼才能讓妳笑顏依舊？如果只需烽火戲諸侯，那倒簡單。」

雲歌本想推開他，可聽到他那低沉的聲音，聲聲都壓得她心酸，她忽然無力，頭靠在他肩頭，只是想落淚。

如果有些事情從沒有發生過，她和他現在該有多快樂？

劉弗陵靜靜擁了她一會，忽地說：「妳昨日不是說養病養得人要悶出病來了嗎？我陪妳下山去散散心，妳想去嗎？」

雲歌想了想，點點頭。

于安聽到皇上要去山下玩，忙去安排人手，皇上卻不許，于安無奈下只能讓人喬裝改扮後，暗中跟隨。

雲歌一直不知道自己究竟身在何處，下山時才發現她住的地方很偏僻，深隱在山峰層林間，要行一段路才到主山道，從主山道向上看，隱隱有一片屋宇連綿的樓臺。

「這是哪裡？」

劉弗陵沉默了一瞬，才說：「驪山。」

雲歌對漢朝皇帝的各處行宮並不知道，所以也未多想，只心中暗嘆了口氣，原來離長安還很近。

他們來得很巧，正是趕集日。街上熙來攘往，熱鬧非凡。

今年是個豐收年，賦稅又真正降了下來，鹽鐵等關乎日常民生的物品價格也比往年有了下降。街上來來往往的人都神情祥和，買過家裡必須的生活物品，還有餘錢給妻子買朵絹花，給孩子買些零嘴，商販們的生意好，心頭眉頭也是舒展，打招呼間問起彼此的近況，多有笑語。

雲歌微笑：「和我剛來漢朝時，氣象已是不同，這個皇帝是個好皇帝，霍光也很好。」

劉弗陵第一次逛長安城郊的市集，看著人來人往，聽著高聲喧譁，和日常的深宮氣象極是不同。雖然喧鬧紛雜，他卻喜歡這種煙火氣息。

因為正常，所以溫暖。

兩人常被人潮擠散，劉弗陵怕丟了雲歌，索性握住雲歌的手，牽著她，在街道上胡亂走。

他們兩人倒是隨性，只是苦了于安，一雙眼睛已經觀了八方，還覺得不夠用，可看到劉弗陵眉梢眼角隱帶的溫暖，他又覺得一切都值得。

看到廣場上一群人圍得密密實實，雲歌立即拽著劉弗陵擠了過去，只聽到前面的人一下子大笑，一下子驚嘆，聽得人十分好奇。

「模樣長得真是惹人憐！」

「看這小不點的樣子！」

「這兩個是兄弟吧？」

「看著像，不知道是不是雙生兄弟？」

「父母呢？他們怎麼單獨跑到這裡玩？不知道有沒有吃過東西。」

雲歌轉了一圈，仍舊進不去，視線掃到他們身後亦步亦趨的于安，計上心頭，「于安，你想不想擠進去看看？」

在劉弗陵的注視下，于安哪敢說不？他只能皮笑肉不笑地說：「想。」

雲歌笑咪咪地說：「我有一個法子，很管用，你就大叫『裡面的是我侄子』，眾人肯定給你讓路。」

于安神情一鬆，還好，不算刁難。他運了口氣，中氣十足地吼道：「讓一讓，讓一讓，裡面的是我侄子。」

外面的人根本不知道裡面是什麼，聽到喊得急迫，紛紛讓了路，裡面的人卻是驚訝，也讓了路。

「讓一讓，讓一讓，裡面的是我侄……」看到人群內的東西，于安的話硬生生噎在口中，差點沒給嗆死。

四周一片靜默。

眾人都默默地看著于安，表情各異。

只見兩隻長得一模一樣的小猴子正在場中戲耍，此時人群突然安靜下來，牠們好似十分奇怪，撓著頭，大眼睛骨碌碌地轉，一條細長的尾巴在背後搖來晃去。

雲歌強忍著笑，趕緊把劉弗陵拽開幾步，和于安劃清界限，小小聲地說：「我們不認識他的。」

片刻後，人群發出爆笑。

兩隻小猴子也來了勁，吱吱尖叫，又翻跟斗，又抓屁股，興高采烈。

有人笑著高聲說：「不知道哪裡跑來了兩隻小猴子，我們正想著如果不管牠們，大冬天的只怕要餓死，既然娃牠叔來了，那就好辦！麻煩娃牠叔把牠們領回家。」

于安臉色一陣白一陣紅，雲歌笑得直打跌。

劉弗陵怕她又開始咳嗽，忙輕拍著她的背，對于安吩咐：「于大哥，把牠們帶回去，等大一些放生到山中，也是于大哥的一件善事。」

于安愕然看向劉弗陵，很多年後的第一次直視。

劉弗陵扶著身邊的綠衣女子，面上雖沒有什麼表情，眼中卻是笑意輕漾。此時的他不再獨自一人高高在上，不再沒有喜怒，他只是一個寵著身邊女子的平常男人。

于安眼眶一酸，低下頭，應了聲「是」。

于安雖收留了猴子，卻一直板著臉，雲歌和他說話，他只嘴裡「嗯嗯哼哼」，好像十分恭敬，卻不拿正腔回答。

雲歌向劉弗陵求救，劉弗陵拿了食物餵猴子，對雲歌說：「自己闖的禍自己去收拾。」

雲歌趕在于安身邊，賠著不是：「于大哥，我也不知道裡面是兩隻小猴子呀！我以為是誰家走失的孩子。于大哥，給猴子做叔叔也挺好呀！你看這兩隻猴子多可愛！」

于安齉聲齉氣地說：「那麼可愛，也不見姑娘說那是妳侄子。」

雲歌笑道：「別說是我侄子，就是我兒子也可以！我娘是狼養育大，算來我的外婆是狼，有個猴子兒子也很好……」

于安惱中也被雲歌氣出笑，「妳親都沒成，就兒子、兒子掛在嘴邊，不害臊嗎？兒子他爹呢？」

于安話剛說完，就想到雲歌是娘，他是叔叔，皇上可剛叫過他大哥，那皇上不就成了兩隻猴子的……

他又是想笑，又是不敢笑，忍得十分辛苦。

雲歌知道自己說錯了話，偷偷瞅了眼劉弗陵，劉弗陵也正好看向她，兩人視線撞了個正著。他似笑非笑，幾分打趣，雲歌立即臊了個滿面通紅。

雲歌跺了下腳，扭身就走：「你們兩個合起來戲弄我！」

劉弗陵忙吩咐于安照顧好猴子，自己去追雲歌，不想雲歌走了不遠，又一個急轉身，匆匆往回跑，臉色十分難看。劉弗陵握住她的胳膊，「怎麼了？」

雲歌沒有回答，牽著他慌不擇路地跑進一家店。

這是一家出售陶器的店，寬敞的院子裡擺放著大大小小的陶器皿，有巨大的水缸，不大不小的米缸，還有小一點的醃菜罈子。

雲歌左右環顧一圈，根本沒有可躲避的地方，聽到外面傳來的叫聲，急切間，顧不得那麼多，拽著劉弗陵跳進了一個大水缸中。

水缸雖大，可容納了兩個人後也是擁擠不堪，雲歌和劉弗陵面對面，好似緊緊擁抱著彼此，十分親密。

雲歌輕聲說：「我急糊塗了，他們又不認識你，我怎麼拉著你也躲了起來？」

劉弗陵沒有太多表情，眼中卻有苦澀。

劉病已聽到手下的兄弟說看見一個像雲歌的女子，立即叫了孟珏，匆匆趕來，的確看到一個相似的身形，但他們還未走到近前，就看到那個身影在擁擠的人群中幾晃後，消失不見。

尋了幾個月，孟珏已經動用了所有能動用的消息網，從大漢到西域，可沒有雲歌的半點消息，她就好像突然從人間蒸發，沒有留下一絲痕跡。

他甚至連那夜廝殺的兩方是誰，都查不出來。

他從剛開始的篤定，到現在的擔心，他開始想那一夜雲歌究竟有沒有逃脫？是不是發生了意外？她究竟是生是死？

擔心恐懼折磨得他日日不能安睡。

尋了一大圈，卻找不到要找的人。兩人站在陶器店外，都是黯然。

劉病已嘆了口氣說：「也許認錯人了。」

孟珏沉默了片刻，驀然一掌拍碎了身側做招牌的瓦缸，「一定是她。」

躲在水缸內的雲歌，身子不禁輕輕一抖。

劉弗陵忙伸臂擁住她，好像要替雲歌把一切傷害都擋開。

店堂內打瞌睡的夥計聽到動靜，出來探看，見人打碎了貨物，剛想大罵，可被孟玨的森寒視線盯了一下，竟是一句話都說不出來。

孟玨扔了一片金葉給他：「沒你的事，滾回去睡你的覺。」

夥計收起金葉，立即一溜煙地跑回店堂，直接縮到櫃檯下，閉上了眼睛。

孟玨對劉病已說：「她是在這附近不見的，命人把附近的幾家店鋪都搜一遍。」說完，孟玨親自開始查看陶器店，不管大缸小缸，都是一掌拍下，將缸震成粉碎。

雲歌一點都不明白他在想什麼，利用她的是他，出入霍府的是他，想攀上權勢頂峰的人是他，和霍成君擁抱親暱的還是他，他既然要霍成君，為什麼還要找她？難不成他以為她能與霍成君共侍一夫？

劉弗陵看雲歌臉色蒼白，知道孟玨在她心中還是十分重要。正因為仍然在乎，所以才害怕面對，害怕自己的還在乎，害怕自己會情不自禁。

聽到陶器碎裂的聲音漸漸向他們的方向轉來，劉弗陵附在雲歌耳邊說：「妳若不想見他，我去替妳把他擋走。」

雲歌搖搖頭。

孟玨外表看似溫潤君子，性格實際上十分桀驁，現在他連那層君子的外衣都不用了，可見今日不翻遍了這附近，不找到她，他不會善罷甘休。陵哥哥只是個普通人，不懂一點功夫，哪裡擋得住孟玨？

雲歌忽地抓住了劉弗陵的手，「你幫我圓個謊，做我的夫君，好不好？我和他說我們已經定親了，讓他別再來找我……」

劉弗陵眼中帶了幾分酸楚，溫和地打斷了雲歌的話，「雲歌，我們本就是有盟約的未婚夫妻。」

雲歌語澀，不錯，他們早就是交換過信物、有過盟誓的……夫……妻！

雲歌抓著劉弗陵的手變得無力，慢慢滑落，劉弗陵卻用力握住了她。

腳步聲漸走漸近，雲歌心中零亂如麻，害怕傷痛恨怨，羞愧溫暖酸澀，全擠漲在胸間，撕著她，扯著她，一顆心就要四分五裂，只有握著她的那隻手，堅定地護著她。

她用力握住了劉弗陵的手，朝他一笑，雖未及完全展開就已消失，可她的眼神不再慌亂無措。

雲歌聽到身旁的缸應聲而碎，知道下一個就是他們藏身的水缸了，深吸了口氣，鼓起全身的勇氣等著面對孟玨。

孟玨舉起手掌，正要揮下，忽然聽到一人笑叫道：「這不是孟大人嗎？」

孟玨頓了下，緩緩回身，負著手也笑道：「于……」

于安忙擺了擺手，「都在外面，不用那麼多禮了。我痴長你幾歲，孟大人若不嫌棄，就叫我一聲于兄吧！」

孟玨笑著作揖，「恭敬不如從命，于兄怎麼在這裡？」

于安笑著說：「出來辦些私事，經過這裡時，看到孟大人在敲缸，一時好奇就進來看一眼，孟大人若有什麼事情需要幫忙，儘管說一聲。」

孟玨笑著向外行去，「沒什麼大事，此店的夥計惹人眼煩，一時之氣。難得于大哥到外面一趟，若有時間，容小弟做個東道，喝幾杯。」

孟玨和于安一邊談笑，一邊出了店門。

他們前腳剛走，立即有宦官進來接劉弗陵和雲歌，護送著他們從後門上了馬車，返回驪山。

雲歌腦中思緒紛雜，于安和孟玨認識，而孟玨對于安顯然很忌憚，對于安的客氣程度不下對霍光，可于安不過是陵哥哥的管家。

雲歌沉默地坐著，劉弗陵也一直沉默，只聽到馬蹄敲著山路的得得聲。

回到別院住處，劉弗陵讓所有人都退下去，「雲歌，妳有什麼想問我的嗎？」

雲歌拿著簪子有一下、沒一下地撥動著燭火，眉尖微蹙，「我以前覺得只要我對人好，別人也一定會對我好，我以誠待人，別人自然也以誠待我，可後來知道不是的，這世上的人心很複雜，有欺騙、有猜忌、有背叛、有傷害。我不會去騙人，但我現在不再輕易相信任何人，可……」雲歌抬眼看向劉弗陵，「陵哥哥，我相信你。如果連你也騙我，我還能相信誰？我只想知道真實的一切，你告訴我。」

劉弗陵靜靜凝視著雲歌。

雲歌又看到了熟悉的暗影沉沉，裡面翻捲著萬千無奈。

雲歌心酸，她是想要他高興的，從小到大都是，「陵哥哥，你若不想說，就算了，等日後……」

劉弗陵搖了搖頭，「我的名字是三個字，並非兩個字，劉陵二字中間還要加一個『弗』。」

雲歌正在挑燭火的簪子跌落，打滅了燭火，屋內驟然陷入黑暗。

雲歌無意識地喃喃重複：「劉弗陵，劉弗陵……陵哥哥，你……你和漢朝的皇帝同名呢！」

劉弗陵坐到雲歌身側，去握雲歌的手，入手冰涼，「雲歌，不管我的身分是什麼，我仍然是我，我是妳的陵哥哥。」

雲歌只覺得這個世界怎麼那麼混亂，陵哥哥怎麼會是皇帝？怎麼可能？

「陵哥哥，你不是皇帝，對不對？」

她眼巴巴地瞅著他，唯一企盼的答案顯然是「不是」。

劉弗陵不能面對雲歌的雙眸，他去抱她，不顧她的掙扎，把她用力抱在了懷裡，「雲歌，我就是我，過去、現在、將來，我都是妳的陵哥哥。」

雲歌打著劉弗陵的胸膛，想推開他。

劉弗陵緊緊抱著她，不管她如何打，就是不讓她掙脫。

雲歌打了一會兒，終是大哭出來，「我不喜歡皇帝，不喜歡！你別做這個皇帝，好不好？現在這樣不是很好嗎？在山裡蓋一個房子，就我們清清靜靜地生活，你不是喜歡讀地志奇聞嗎？現在的地志多不全，我們可以親身去各處遊歷，搜集各地風土氣候傳說，還有食物，你寫一本地志奇聞書，我寫一本食譜……」

劉弗陵把雲歌的頭緊緊按在他的肩頭，眼中是深入心髓的無力和無奈，只一遍遍地在雲歌耳邊說：「對不起，對不起……」

因為他的身分，他的生命中已經有太多無可奈何，所以他一直儘量避免再因為自己的身分而製造他人生命中的無可奈何。

他在吃過竹公子的菜後，不想因為他是皇帝就選擇理所當然的擁有，不想因為自己的一個決定就讓竹公子無可奈何。

可是他正在讓雲歌無可奈何，這本是他最不想的事情，卻又是一個無可奈何。

已是萬籟俱靜，雲歌卻忽地從榻上坐了起來，輕輕穿好衣服。

環顧屋內，並沒有什麼屬於她的東西，轉身剛要走，忽又回身，將桌上劉弗陵為她謄寫的筆記揣進了懷裡。

雲歌從窗戶翻出了屋子，一路小跑，跑著跑著，卻又停了下來，回身看向他的住處。

那裡燈熄燭滅，一片黑沉，想來他正在睡夢中。

她想了那麼多年，又找了那麼久的陵哥哥，竟真和她想像的一模一樣，她可以什麼都不用說，他就知道她所想的一切，可是他為什麼會是皇帝？

他是皇帝，難道就不是她的陵哥哥了嗎？

雲歌不想回答自己的問題，說她怯懦也好，說她自私也罷，她如今只想先躲開一切。

自從受傷後，她的腦袋就好似沒有真正清醒過，一個驚訝還未完全接受，另一個驚訝就又來臨，她現在只想遠離所有的人和事。

終於下定了決心離開，一轉身，卻發現，不知道何時，劉弗陵已經靜靜地立在她的身後。

黑沉沉的夜，他的眼睛也是黑沉沉的，看不清楚裡面的任何東西。

雲歌怔怔地看著劉弗陵，良久後，猛地埋下頭，想從他身側走過。

「雲歌。」劉弗陵拿著一個東西，遞到她面前。

雲歌一瞥間，心中劇震，腳步再也邁不出去。

一隻小小的蔥綠繡鞋躺在他的掌心，鞋面上一顆龍眼大的珍珠，正在星光下散發著柔和的瑩光。

雲歌痴痴地伸手拿過，入手猶有餘溫，想來他一直貼身收藏。

「好，我在長安等妳。」

「打勾勾，一言為定！」

「妳知道女子送繡鞋給男子是什麼意思嗎？」

「我收下了。雲歌，妳也一定要記住！」

「以星辰為盟，絕無悔改。」

那夜也如今夜，星辰滿天。

同樣的星空下，站著同樣的人。

如此星辰，如此夜，不正是她想過無數次的嗎？

只是為什麼……為什麼會如此苦澀？

劉弗陵的視線落在雲歌手中的繡鞋上，「雲歌，我只要一年時間。等待了九年，至少請給我一段時間去聽妳講故事。九年裡想必妳又去過不少地方，我只想知道和瞭解妳所做過的事情。也給我一個機會，讓我告訴妳我在這九年裡做了什麼，難道妳一點都不關心嗎？」

「我……」

雲歌語滯。她怎麼可能不關心，不想知道？無數次躺在屋頂上看星星時，會想陵哥哥在做什麼。甚至特意把自己在某一天、某一個時辰做什麼都記下來，想等到將來重逢時問陵哥哥，看他在那一天、那個時辰在做什麼，有沒有想過她？還有那些已經積攢了多年的話……

劉弗陵從雲歌手中把繡鞋拿了回去，「只要一年時間，一年後妳若還想走，我一定將珍珠繡鞋還妳，我與妳之間再無任何約定。但是現在，我要妳履行妳當年的誓言。」

雲歌忽地側著腦袋笑起來，「陵哥哥，你真聰明。誰叫我當年是個小笨蛋，大了又是個大笨蛋？好！一年之約。」她轉身向屋子行去，「一年後的今日，我走時，就不用你相送了。」

劉弗陵負手而立，手中緊拽著繡鞋，望著雲歌的身影慢慢走入屋子。

她已經進屋很久後，他依然立在原地。

微抬了頭，看向星空。

夜幕低垂，星羅密布，恆久的美麗。

如此星辰，如此夜。

第二十二章 窗含雙影

幾樹白梅開得正好，疏落間離，橫於窗前。
一男一女臨窗而坐，執子對弈。
其時，已近黃昏，夕陽斜斜灑在窗前，輕薄如蟬翼的光韻流動中，
梅影扶疏，人影婉約，恍如畫境。

一輛裝飾華麗的馬車，從未央宮駛出。

車內坐著漢朝皇后——上官小妹。

上官小妹不到六歲就進宮，這是她第一次走出長安城裡的重重宮殿。她從小就被教導一舉一動都要符合皇后的身分，要溫婉端莊華貴，要笑容親切，卻又不能笑得太過。可是現在，她無法克制自己的興奮，忍不住地咧著嘴笑。

皇帝大哥竟然派人來接她去溫泉宮，她就要見到他了。

雖然身在後宮，可她隱約明白祖父、外祖父和皇上之間的矛盾。

她知道自己是祖父和外祖父強塞給皇上的，她甚至能從皇上周圍宦官的眼睛中看到厭惡和提防。可是最該討厭她的皇上卻從沒有對她說過一句冷語，甚至還吩咐于安要保護她的安全。

他總是隔著一段距離，似乎沒有任何溫度地淡淡看著她。他從不走近她，她也從不敢走近他，可她能感受到他疏離淡然下的理解。

在整個皇宮中，也許只有他明白她的痛苦，明白她也痛恨皇后這個位置，她所渴望的哪裡是什麼母儀天下？她甚至想，如果不是因為皇后這個位置，當她只喚他「大哥」，而非「皇帝大哥」時，他會待她不同。

祖父死後，宮裡的人一邊幸災樂禍於上官氏的覆滅，一邊又因為外祖父霍光，對她更加畏懼。她知道自己在他們的心中，未免涼薄。

她對外祖父十分親暱，親暱到似乎完全忘記了祖父、父親、母親、兄弟因何而死。

可這難道不正是在皇家生存的法則嗎？要學會忘記，學會假裝一切都十分正常。

何況她相信，霍氏的結局一定不會比上官氏好，她一定要活著，活著等待那一天的來臨，她要親眼看見霍氏的結局。

當她能光明正大的祭拜父母時，她會細細描述給他們聽，讓他們黃泉之下安心。

上官小妹一直從簾子縫裡向外看，當看到車輿未沿著主山道向上，直去溫泉宮，反拐到側路上，忙挑起簾子問：「怎麼回事？不是去見皇上嗎？」

宦官七喜聲音平平地回道：「皇上在山中的一處別院。」

上官小妹不解，這些別院應該是給侍衛或者宦官住的地方，皇上怎麼住這裡？但知道這些宦官不會給她任何關於皇上的消息，只能放下簾子。

幾重不大不小的院落，沒有富麗堂皇，卻清幽雅致，很像她起先在路旁看到的普通民居。

上官小妹突然覺得自己的一身華服、時興髮髻都十分不妥當。出門前，花費了大功夫，精心修飾了很久，可在這裡，她只覺得格格不入。

七喜領著她走到後園，指了指前面的屋子，對上官小妹說：「皇后娘娘，皇上就在裡面，奴才就領路到這兒了。」說完，行了個禮，未等上官小妹發話，就逕自走了。

上官小妹舉目望去：幾樹白梅開得正好，疏落間離，橫於窗前。一男一女臨窗而坐，執子對弈。其時，已近黃昏，夕陽斜斜灑在窗前，輕薄如蟬翼的光韻流動中，梅影扶疏，人影婉約，恍如畫境。

上官小妹不能舉步，怔怔看了許久，直到于安在她身前輕輕咳嗽了幾聲，她才驚醒。

于安向她行禮，她忙讓于安起身，終是沒有沉住氣地問：「那個女子是誰？」

于安笑著說：「皇上命人接娘娘來，就是想讓雲姑娘見一下娘娘。」

于安沒有用「拜見」二字，而且說的是讓雲姑娘見一下她，而非她這個皇后見一下雲姑娘。于安早已是宮中的精怪，他絕不可能因為一時口誤而如此僭越。

上官小妹心中劇震，盯向于安。

于安雖微微低了頭，卻沒有迴避上官小妹的視線，滿臉帶著笑意。

上官小妹點了點頭，「多謝于總管提點，本宮明白了。」

上官小妹進屋後，欲向劉弗陵行禮，劉弗陵招手讓她過去，指著她想要說話，卻看著他對面的女子，躊躇不能出口。

上官小妹的心又往下沉了沉，以皇帝之尊，竟然連介紹她的身分都會如此為難。

雲歌看到一個華妝打扮的小姑娘進來，隨口問劉弗陵：「你有客人？」

看到劉弗陵的神色，再仔細看了眼小姑娘的裝扮，約莫十二三歲的年紀，她心中驀然明白，強笑了笑，起身向上官小妹行禮，「民女雲歌見過皇后娘娘。」

劉弗陵握住了雲歌的胳膊，沒有讓她的禮行下去，「小妹不到六歲，就搬到宮裡來住，我待她如妹，妳不用對她多禮……」

上官小妹嬌笑著拍手，「皇帝大哥派人來接我玩，我還想著，不就是一座山，比長安城多了些樹，能有什麼好玩的？沒想到有這麼漂亮的一個姐姐。姐姐可別和那些人學，明明個子比我高，可總喜歡把自己弄得矮半截，讓我都不好意思和她們多說話，也不知道我有多悶！」

小妹本就個子嬌小，此時語態天真，一臉欣喜，更顯人小，四分頑皮六分可愛，將三人的尷尬化解了不少。

雲歌知道劉弗陵怕她總想著離開，所以直接讓小妹來，向她表明心跡。其實她不是不理解，于安言裡言外、明示暗示說了不少當年的事情。她知道他當年處境艱難，明白他的無能為力，也很清楚這麼多年來，他一個女人都沒有，所以年近二十一歲，都還沒有子嗣。可每當她想到他是皇上，還有一個皇后時，卻總會覺得心裡很怪。

雲歌見小妹一直站著，向她指了指自己剛坐過的地方，「皇后，請坐。」

小妹瞟了眼劉弗陵，笑著坐下。即使六歲那年加封皇后大禮時，他也沒有坐到過她的身側，這竟然是第一次她和他對面而坐。

小妹對雲歌說：「我叫上官小妹，雲姐姐可以叫我小妹。」

劉弗陵向小妹點頭笑了笑，上官小妹心中有辨不清的滋味，只茫然地想，原來他除了清淡的表情，也是會笑的。

劉弗陵想把站在榻側的雲歌拉坐到自己身側，雲歌掙著想躲開。一向順她心意的劉弗陵這次卻無論如何不肯順她，硬是不許她站在下首，非要她坐到自己身旁。一個拉，一個躲，兩人都十分固執，拉扯間，雲歌的身子歪歪扭扭地晃盪。

兩人正較勁，雲歌看到小妹眼睛忽閃忽閃地盯著他們，頓覺不好意思，只能順著劉弗陵的力，坐到了他身側。

劉弗陵對小妹說：「妳來得正好，今日妳雲姐姐下棋下輸了，過會兒要下廚做菜。她的手藝，妳吃過後，只怕就不會再想吃宮裡的飯菜了。」

雲歌不滿：「做菜就做菜，幹麼說我輸棋？都沒有下完，勝負還難定呢！」

小妹看向棋盤，棋才剛到中盤，說輸贏是有些過早，可從現在的棋局，推斷起先的落子，可以看出黑子在好幾處都故意露了破綻給白子，顯然是想讓白子贏，白子卻因為心不夠狠，總是錯失良機。白子、黑子的實力相差太遠，的確不用再下，也知道最後結果。

雲歌看小妹低頭盯著棋盤看，「看樣子小妹的棋力不俗呢！從已落的棋子推斷前面的走子格局比預測以後的落子更難。」

小妹忙抬起頭笑：「在宮裡學過一些，不過用來消磨時光的，並不真懂。皇上，的確如雲姐姐所言，這棋才到中盤，說輸贏太早了。」

劉弗陵側頭凝視著雲歌，溫和地問：「要繼續下完嗎？」

雲歌搖搖頭：「不想玩了。」偷眼瞅到小妹正看向窗外的梅花，小聲說：「我知道是你贏，你想吃什麼？聽于安說你喜歡吃魚，你喜歡吃什麼味道的魚？我做給你。」

劉弗陵想了瞬，也是低聲說：「我想吃『思君令人老』。」

雲歌臉紅，「這是什麼菜？我不會做。」說著就出了屋子。

沒想到，劉弗陵也跟了出來，陪著她向廚房行去，「妳都做給別人吃過了，怎麼就不肯做給我吃？」

雲歌愣了愣，才想起公主府的事情，心中震盪，「你吃過了？你全都猜對了？那個重賞是你封給我的？」

劉弗陵含笑點頭。

雲歌突然間覺得無限心酸，劉弗陵眼中也有同樣的神情。

他們究竟是無緣，還是有緣？若說無緣，她的心意，他都懂，他的心意，她也都懂。他和她，雖一個偏靜，一個偏動，卻喜好相同，心性也相近；若說有緣，她和他卻無數次陰差陽錯。現在更因為他的身分，生生地隔出了一條天塹。

劉弗陵明白雲歌心中所想，說道：「以前的事情是無可奈何，以後的事情，我們自己決定。」

雲歌低下了頭，以後的事情？

劉弗陵嘆了一口氣，他的身分帶給雲歌的困擾太大，而他只能選擇強留住她。他是在賭博，賭他可以用一年時間留住雲歌的心。可是他真的能嗎？

一年的時光說短很短，說長卻也很長，總不能日日愁雲慘霧。何況她總歸是要離開的，更應該珍惜相聚的日子。雲歌抬頭而笑，語氣輕快地說：「我還有一件事情沒和你算帳，等冰化了，定要把你推到冷水裡泡幾個時辰。」

劉弗陵莫名其妙，「什麼帳？」

想到當日霍府，兩人一個橋上，一個橋下，雲歌九分心酸，一分好笑：「以後想算帳時，再告訴你。」

一晃而過間，從雲歌受傷到現在，劉弗陵在溫泉宮已住了小半年。

此事不能說未有先例，劉徹晚年就經年累月地住在溫泉宮，可劉弗陵正值盛年，多少顯得有些反常。而且年關將近，他還要主持慶典、祭拜天地，祈求來年五穀豐登、國泰民安，所以只能回返長安。

本想把雲歌留在驪山，可想著眾人遲早會知道，那遲就不如早了。更重要的是他根本沒有把握，一年後雲歌是否會願意留下，而他們兩人分別的時間已太長。久別重逢，他實在不願意別離，所以哄著雲歌跟他回了長安。

雲歌隨皇上回宮，如何安置雲歌讓于安十分犯愁。

未央宮中，除皇上起居的宣室殿外，後宮諸殿中，椒房殿最合他心意，不過上官皇后在住。別的殿要麼太遠，要麼太簡陋，要麼太不安全。

于安想來想去，偌大的漢朝皇宮，先皇時期曾住過佳麗三千的宮殿竟然沒有一處能讓雲歌住。正在犯愁，皇上已拿定主意，命他在宣室殿給雲歌安排住處。

于安雖覺得十分不合禮儀，但這是目前最安全、最妥當的做法，再說皇上都已經決定，他也只能睜著眼睛說瞎話，說雲歌是宣室殿的宮女。

只是一個簡單的回宮，只是一個小小的宮女，卻讓整個朝堂都震動。

皇上年齡不小，卻膝下猶空。皇子是所有人都關注的事情，這牽扯到未來幾十年朝堂權力的格局，是一盤新棋重新落棋的時機。但皇上一直對女色很冷淡，沒有選過妃嬪，沒有臨幸過任何宮女，再加上霍氏和上官氏的威懾，眾人的心也就淡了，安心等著皇上和上官皇后圓房，等著有霍氏和上官氏血脈的皇子出生。

可事情在等待中又漸漸有了轉機。

按說女子十一二歲就可以圓房，皇上卻遲遲未和上官皇后圓房，百官已經悄悄議論了很久，琢磨著皇上對上官氏和霍氏究竟是個什麼態度。眾人還沒有琢磨清楚，一夕之間，上官家滅族，唯剩流著一半霍氏血液的皇后上官小妹。

霍光獨攬大權後，對外孫女小妹十分寬厚，小妹也和霍光很親暱，霍光幾次暗示皇上是時候考盧子嗣，皇上卻仍然未和上官小妹圓房。

如今皇上突然帶一個女子入宮，眾人的心思不免活絡起來，想著雖然現在霍光一人之下，萬人之上，可將來誰家榮耀還是未定之數。只是目前霍光大權在握，眾人也不敢輕易得罪，遂抱著看好戲的心態，等著看霍光如何反應，等著看那個女子是什麼結果。

于安怕雲歌初到陌生的地方，住得不開心，特意給她安排了一個熟人照顧她起居。

雲歌看到宦官富裕時，兩人都是又吃驚，又開心。

所謂「患難見人心」。當日，富裕在廣陵王桀犬的利齒下，拚死相護雲歌和許平君，雲歌一直感記在心。而雲歌面對兇狠桀犬的那句「許姐姐，妳帶富裕先走」也讓富裕一直銘記在心。

富裕自小就知道自己是奴才命，不過是一件隨時可以用壞丟棄的東西，不值錢，甚至不如公主府裡養的珍禽異獸。那些珍禽異獸若有個閃失，他們都是要抵命的。

那是第一次，他發現竟然有人會把他當作一個正常的人。

人人都以為他是因為對公主的忠心，在桀犬即將咬到雲歌時，用自己的身軀拚死護住雲歌，卻不知道他只是因為竹姐姐和許姐姐把他看作了一個「人」。

她們兩人在危險面前，沒有把他當東西一樣丟掉，而是把他的性命看得和自己的一樣重要。他只是要用「人」的尊嚴和良心回報她們的高看。

富裕不懂什麼「士為知己者死」的大道理，可在他卑微的靈魂中，有著人最簡單、也最寶貴的良心。

那次「立功」後，公主感於他的「忠心」，特意將他推薦到了宮中，算是對他的嘉獎，並且叮囑他盡心做，在公主府的支持下，日後做一個掌事宦官都很有可能。

富裕心中很明白公主的「嘉獎」，公主需要忠心的人在宮裡替她查探事情，傳遞消息。但不管公主是否是真正嘉獎他，他依舊很感激公主的這個安排，因為如果沒有公主的安排，他現在肯定已經死了。

在上官桀、桑弘羊的謀反案中，公主府中服侍公主的宦官、宮女全被賜死，他因為早被送入宮中，僥倖躲過了一劫。

因為他不是于公公培養的親信，公主的勢力又已煙消雲散，富裕在宮中並不受重用，只在一個小殿裡打著雜。前兩日，于公公命人來吩咐他收拾乾淨，穿戴整齊，隨時準備到宣室殿聽候吩咐，他還納悶，到宣室殿前當差可是宮內所有宦官、宮女的夢想，于公公怎麼會突然把這麼好的差事給他？不會另有玄機吧？

今日來時，富裕心裡忐忑不安，七上八下，不料卻看到了竹姐姐，又知道以後要服侍的人就是竹姐姐，他的心不但落到實處，還覺得老天是不是太厚待他了？晚上回去要給老天好好磕幾個頭。

雲歌剛進宮，一切都正新鮮，在富裕和抹茶的陪伴下，雲歌覺得皇宮也不是那麼可怕，反而十分有趣。不說別的，就各個宮殿的布置都夠她賞玩很久。

溫室殿以椒和泥塗抹牆壁，整個牆壁溫暖芳香。柱子用的是香桂，榻前放的是火齊屏風，掛的是鴻羽帳，讓人入室就覺溫暖，不愧「溫室」之名。

清涼殿用寒玉鋪地，畫石為床，紫琉璃做帳，室內陳設都是水晶所製，果然「中夏含霜，夏居清涼」。

一個個宮殿玩下來，雲歌最喜歡消磨時光的地方除了宣室殿，就是天祿閣和石渠閣，天祿閣是「藏祕書，處賢才」之地，石渠閣是「藏入關所得秦之書籍」之地。

劉弗陵在前殿接見百官、處理政事時，雲歌常常在天祿閣和石渠閣內消磨整天。

今日，好幾位大臣都請求單獨見皇上，溫室殿內是剛送走一位，又迎來一位。

目送霍光走出殿門，劉弗陵微有些倦意，于安忙吩咐殿外的田千秋先候著，讓皇上休息一會兒。

劉弗陵喝了一口釅茶，眼中帶了幾分暖意，「雲歌在哪裡？」

于安給熏爐續了一把玉髓香，笑著回道：「在天祿閣。」

七喜忙笑著說：「雲姑娘真是好學，奴才從沒有見過這麼喜歡做學問的閨秀，真正一位才女，和皇上……」

于安瞅了七喜一眼，七喜立即閉嘴，心中卻是困惑，挖空心思讓皇上高興，這不是師父教的嗎？不是做奴才的本份嗎？難道他說錯了？惶惶不安地觀察著皇上的臉色，雖然沒有笑意，但很溫和，想來沒什麼大錯，方放了半顆心。

做學問？劉弗陵想著雲歌整天翻來翻去看的東西，腦袋就疼。

她自從知道宮內藏著「祕書」、「祕史」之後，興趣大發，她自己看不說，回來後還要和他探討。

「秦始皇究竟是不是呂不韋的兒子？」

「趙姬是喜歡秦王多一些，還是呂不韋多一些？」

「黃帝和炎女究竟是什麼關係，炎女和蚩尤又是什麼關係？炎女為什麼不幫蚩尤，要幫黃帝？若炎女真是黃帝的女兒，她立了大功後，為什麼黃帝未嘉獎她，反倒把她囚禁了？你覺得炎女會不會恨黃帝？」

一朝朝腥風血雨的改朝換代、爭霸天下，到了她那裡，全都變成了小兒女的情懷。

不知道她這會兒又在看什麼？

劉弗陵出神了半晌，剛才因霍光而生的疲憊不知不覺中淡去，正想命于安宣田千秋覲見，突然有宦官在簾外探了探腦袋，于安出去了片刻，回來時陰沉著臉向劉弗陵低低回稟。

劉弗陵聽完後，沉默了一瞬，淡淡說：「宣田千秋進來吧！」

于安一怔，皇上這是不管的意思嗎？低頭應道：「奴才遵旨。」

雲歌正在看一冊記錄公子扶蘇起居、遊歷的書，其中還收錄了一些扶蘇公子的詩文，她讀得思緒幽然。

想公子明月前世，流水今生，最終卻是自刎於天下的結局，不禁長嘆：「公子山中人兮，皇家誤君！」

忽覺得身後站著一人，她未語先笑：「你忙完了？快幫我看看這首詩何解，像是公子的情詩呢！不知是寫給何家女子……」

但她回頭時，對上的卻是孟珏帶著質問和不能相信的冰冷視線，「真是妳！」

雲歌的笑凍結在臉上，身子也是一縮。

別後半載，他看著清減了不少，也許因為瘦了，眉目間少了幾分往日的溫潤，多了幾分稜角分明的冷厲。

雲歌定定看著他，身子一動不能動，也一句話說不出來，只有心口如被針扎，不徐不緩，只是一下一下，慢慢卻狠狠地戳進去。那傷口看不見血，甚至連痕跡都難覓，可裡面是潰爛的疼，胸肺也被帶得隱隱疼起來，突然就俯著身子，開始咳嗽。

因為一直調理得當，她很久沒有如此劇烈咳嗽過，但這一通咳嗽卻讓她清醒過來，一面咳嗽，一面起身要走。

不過剛行了兩步，雲歌身子被孟珏一拽，帶進了他懷中，他一手在她背部各個穴位遊走，一手握著她的一隻手，查看她脈象。

一會後，孟珏的面色緩和了幾分，眼中藏著深深的自責，「我不知道妳竟受了這麼多苦楚。我現在接妳回去，總會想出法子治好妳的病。」

孟珏的手法很管用，雲歌的咳嗽漸低，胸中好過了不少，但還有些身軟，她伸手想推開孟珏，卻沒有任何力道。

孟玨伸指描摹著她的臉頰，「病已已經做了父親，平君生了個兒子，妳不想去看看嗎？」

雲歌所有的動作都停住，過了片刻，她恍惚地微笑：「那很好。」

孟玨笑說：「我這個未來的姑父已經封了孩子滿月錢，妳這個做姑姑的卻還沒有任何表示。」

雲歌苦笑：「孟玨，我是我，你是你。你的簪子我已經還給你了，不管你娶霍家小姐，還是王家小姐，都和我沒有關係。」

孟玨溫和地說：「雲歌，雖然那段日子出入霍府有些頻繁，有不少流言，但我從沒有打算娶霍成君，也從沒有對霍成君說過我要娶她。」

雲歌冷笑：「對呀！你沒有打算娶！那是誰與她摟摟抱抱？是誰和她那麼親暱？如果你沒有打算娶她，還如此對她，比你想娶她更令人齒冷。是不是每個女子在你心中都只有可利用、不可利用之分？」

孟玨未料到雲歌親眼看見過他和霍成君在一起，臉色剎時變得蒼白，「雲歌，我有我不得已的原因。」

雲歌說：「孟玨，你和我看重的東西不一樣，行事也不一樣。你去追尋你想要的東西，我們之間……之間就當什麼都沒……」

孟玨驀然用力抬起雲歌的下巴，在她的唇上咬了一下，阻止了雲歌想說的話，「雲歌，不管妳怎麼想我，我卻從不是背誓之人，我很少許諾言，但我既然對妳許過諾言，就絕不會違背，我會娶妳，妳就是我想要的。」

雲歌的下巴被他掐得硬生生地疼，「你想要的太多，可人只有兩隻手。霍成君現在對你更有用，而我……我的利用價值沒有多少了。」

孟玨愣住，「誰告訴妳我在利用妳？」

「我見過侯伯伯了，他說你該叫我師姐。」雲歌仍在勉強地笑，聲音卻帶著哭腔，「我雖有些笨，畢竟不是傻子！初入長安，是誰偷了我的荷包？一曲高潔的《采薇》底下有多少陰暗的心思？那個金銀花簪子是為了我，還是為了長安城的千萬財富？我不知道我父母和你義父有多深的淵源，可他們多年不見，仍對故人情重的寶貴恩義，卻成了你手中可以隨意利用的廉價東西。風叔叔和你義父想來都不願涉足漢朝的權力爭鬥，你和他們卻不一樣，他們根本不放心把那麼多錢財交給你，所以我成了你棋盤上的一枚棋子。現在你至少如了一半的意，風叔叔已經將漢朝內的所有產業都交給你了，有錢財鋪路，再加上霍府的權勢，你不管想要什麼都可以大展手腳，還請閣下不要再急著謀奪你義父在西域的產業，不要讓你義父傷心，也順便放過我。」

孟玨身子僵硬，無法出言解釋，因為這些全是事實！

他目光沉沉地凝視著雲歌，眼睛如寶石般美麗、璀璨，匯聚的卻是荒漠般的悲涼、蒼茫。

他的目光讓雲歌胸口疼痛，忽地又想咳嗽，她緊緊摁住自己的胸口，像是把所有的情緒都死死地摁進去。

雲歌抽手想走，孟玨卻緊握著她的手腕，不肯鬆開。

她一個指頭、一個指頭，慢慢卻堅決地掰開了孟玨的手。孟玨眼中流轉著隱隱的請求，雲歌卻只看到濃重的墨黑。

還剩一根指頭時，她猛地一抽手，急急逃離了他。

出閣樓時，看到陪伴她的抹茶和富裕都昏迷不醒，難怪他可以靜靜站在她身後。

雲歌心驚，孟玨竟然膽大狂妄至此，這裡可是皇宮！

溫室殿外已經沒有等候的臣子，往常這時，劉弗陵會移駕到天祿閣或者石渠閣，去接雲歌。可今日，他只是命于安把奏章拿了出來，開始批閱奏章。

于安雖知道暗處有人守護，只要雲歌出聲叫人，就會有人出現，不會有什麼大事發生，心內仍十二分著急。

本該最著急的人倒是氣定神閒。

于安心嘆，難怪都說「皇上不急，急死宦官」。不是宦官性子浮，而是皇帝的心思太深。不說別的，只一點就不妥，雲歌的身分雖還沒有過明，可也不能任由臣子去私會。

于安聽到遠處細碎的腳步聲傳來，神色一鬆，不一會兒，聽到小宦官在外面小聲說：「只皇上在。」

劉弗陵立即扔下了筆，眼中驟亮。

于安唇角抽了抽，想笑又忍住，原來皇上也不是那麼鎮靜。

雲歌小步跑著進來，臉頰緋紅，沒有理會于安在，就去握劉弗陵的手。恍似茫茫紅塵中，想握住一點心安，另一隻手仍緊緊按在心口，像是要按住許多不該湧出來的東西。

她朝劉弗陵笑了笑，想要說話，還未張口，又開始咳嗽，咳得臉色蒼白中越發紅豔。劉弗陵看得心疼，忙說：「什麼都不要說，我什麼都明白。妳既不想見他，我以後不會允許他再出現在妳面前。不要說話，慢慢呼氣，再吸氣……」

于安立即吩咐小宦官去傳張太醫。

第二十三章 三帝星會

劉病已攬著許平君，望著沉睡的兒子，只覺肩頭沉重。

他已經不再是一個人，

以前還可以偶有疲憊放棄的想法，現在卻必須要堅定地走下去，

不但要走，還一定要走出點名堂。

劉病已拎著兩隻老母雞，推門而進，人未到，聲先到，「平君，晚上給妳煨隻老母雞。」

孟珏正坐在搖籃邊上逗小孩，看到他興沖沖的樣子，笑嘲道：「真是有兒萬事足的人，說話都比別人多了兩分力氣。」

許平君接過雞，嘴裡埋怨，心裡卻是甜，「月子已經坐完，不用再大補了，天天這麼吃，富人都吃成窮人了。」

劉病已看孟珏唇邊雖含著笑，可眉間卻有幾分化不開的黯然，對許平君使了個眼色，許平君忙把孩子背到背上，去了廚房。

劉病已一邊舀水洗手，一邊說：「今日我在集市上聽到了你和霍成君的風言風語，聽說你陪她去逛胭脂鋪，惹得一堆小媳婦跑去看熱鬧。你心裡究竟怎麼想？你若還和霍成君往來，即使找到了雲歌，她也絕不會理你。你不會以為雲歌願意做妾吧？」

孟玨靜靜地盯著劉病已。

劉病已被他看得頭皮發麻，笑問道：「你怎麼這麼盯著我？」

孟玨問：「病已，我問你一些事情，你要實話實說。」

劉病已看孟玨神色鄭重，想了瞬，應道：「你問吧！」

「你幼時可收過一個女孩子的繡鞋？」

劉病已呆了一下，哈哈大笑起來，「我還以為你的問題是什麼天下興亡的大事，竟然就這個？沒有！」

「你肯定？不會忘記嗎？」

劉病已搖頭而笑：「小時候，東躲西藏的，是走過不少地方，也遇見過不少人，可絕沒有收過女孩子的繡鞋。」

孟玨垂目嘆氣。

雲歌糊塗，他竟然也如此糊塗！竟然忘記有一個人長得和劉病已有一點相像。劉弗陵八歲就登基，貴為一國之君，出宮行一次獵動靜都很大，何況遠赴西域？

實在想不到他會去西域，更想不到雲歌心中念念不忘的少時故交是劉弗陵，而非劉病已。

劉病已納悶地問道：「孟玨，你的表情怎麼如此古怪？難道還巴望著我收到過女子的繡鞋不成？」

孟玨的微笑帶有苦澀：「我的確希望收到繡鞋的人是你。」

可是，不是劉病已，而是劉弗陵。

霍成君告訴他皇上帶進宮的女子是雲歌時，他推測那個晚上馬車裡的人也許就是劉弗陵。可他怎麼都想不通，雲歌為什麼會隨在劉弗陵身邊？

雲歌或者被劉弗陵當刺客所抓，或者被劉弗陵所救，不管哪種可能，雲歌都不可能跟隨劉弗陵住到宮中，現在卻一切都很合理了。

雲歌連對一個錯認的劉病已都已經非同一般，如今她遇到了心中的真人，又怎麼可能讓對方難過失望？

想到公主府中，劉弗陵品菜的一幕，孟玨只覺心中全是寒意。

孟玨起身離去。

劉病已說：「孟玨，你還沒有回答我，你究竟想如何？你若再和霍成君牽扯不清，我不想再幫你尋雲歌了。」

孟玨頭未回地說：「我已經找到雲歌，你不用再找了。我和霍光的事情，這幾日就會給你們一個交代。」

劉病已吃驚地問：「你已經找到雲歌？她在哪裡？」

孟玨沒有回答他的問題，自顧自地拉門而去。

幾個月前，很多官員和百姓還不知道孟珏是誰，今日之後，孟珏的名字會如霍光的名字一般，為人熟知。

一個月前，霍光舉薦孟珏，請皇上為孟珏冊封官職，並呈報了幾個官職空缺供皇上選擇。皇上卻隨口封了孟珏一個百官之外的官職：諫議大夫。

眾人無不幸災樂禍，知道這位孟公子和霍家小姐走得極近，皇上如此做，霍光心中的不痛快可想而知。

也有見過孟珏的良官賢臣，感嘆一個大好人才卻因為君臣暗爭要被閒置了。

可不料，今日朝堂上，就是這位百官之外的諫議大夫，霍光親口舉薦的孟珏竟然洋洋灑灑羅列了霍光二十餘條罪狀：

身居高位，雖修了自身，卻未齊家。此為罪一。

霍府家奴馮子都仗勢欺人，強霸賣酒胡女。此為罪二。

霍夫人的親戚依仗霍府權勢，壓抬糧價，低收，高賣，欺行霸市，謀取暴利。此為罪三。

王氏管家與官員爭道，不僅不按法規民與官讓路，反教唆手下當街毆打朝廷官員。此為罪四。

都是些說重要吧，朝堂內官員一個轉身就會想不起來的罪行，也許仔細找找，家家都能找出一兩件來；可說不重要吧，民間百姓專吃這一套，幾乎每一條都觸到了百姓的心尖上。

百姓怕什麼？他們可不會管你什麼人做大司馬，什麼人做大將軍，他們只怕官員以權欺人、以權謀私、以權愚民。

孟玨為民利益，不畏強權、剛正不阿的形象隨著他彈劾霍光的奏摺傳遍了朝堂內外、長安城的街頭巷尾。

百姓交口相慶，出了一個真正的好官，是個真關心他們的青天老爺。

賣酒胡姬重得自由，又開始賣酒。

買酒的人排成了長隊，既是買酒，也是聽故事。一個是流落異鄉剛守寡的美貌少婦，一個是依仗大將軍大司馬權勢欺人的惡霸，故事可謂有聲有色。

有人酒興之餘，將胡姬的故事寫成了詩賦，很快就在酒樓茶肆間傳唱開：

今有霍家奴，姓馮名子都。依倚將軍勢，調笑酒家胡。
胡姬年十五，春日獨當壚。長裾連理帶，廣袖合歡襦。
頭上藍田玉，耳後大秦珠。兩鬟何窈窕，一世良所無。
一鬟五百萬，兩鬟千萬餘。不意金吾子，娉婷過我廬。
銀鞍何煜爚，翠蓋空踟躕。就我求清酒，絲繩提玉壺。
就我求珍肴，金盤膾鯉魚。貽我青銅鏡，結我紅羅裾。
不惜紅羅裂，何論輕賤軀！男兒愛後婦，女子重前夫。
人生有新故，貴賤不相逾。多謝金吾子，私愛徒區區。

偶有見過孟珏的人，在講完胡姬的受辱後，又會濃墨重彩地講述孟珏的言行，因為他的剛正凜然，才有胡姬的自由。

還有人回憶起當年霍府宴請賢良時，孟珏的機智才氣，翩翩風姿。

誰家少年足風流？

孟珏出眾的容貌，無懈可擊的言行，傲視權貴的錚錚鐵骨讓他成了無數長安香閨的夢裡人。

在歌女溫軟的歌聲中，在滿樓紅袖招的風月場中，孟珏的名聲伴隨著歌中的故事傳唱出了長安，甚至傳到域外。

霍府，書房。

霍禹一臉的氣急敗壞：「『今有霍家奴，姓馮名子都。依倚將軍勢，調笑酒家胡。』爹，你看看！這個孟珏把我們霍府玩弄於股掌間，是可忍，孰不可忍！我看那些酒樓傳唱的詭計也都是他一手策劃，他還真以為有個皇上護著，我們霍家就拿他沒有辦法了嗎？哼！」

霍光神情淡淡，讀完全詩後，微笑讚道：「鋪陳得當，收放自如，好詩。」

霍禹愣住，「爹？」

霍光看著他嘆了口氣，搖頭道：「你若有孟珏一半的智謀，我又怎會如此想要這個女婿？」

霍禹不禁握緊了拳，心內激憤，嘴裡卻不敢反駁霍光的話。

霍山道：「伯伯，侄兒有辦法可以不露痕跡地除去孟玨，只是妹妹那裡……」

霍光打斷了霍山的話，眼內全是譏諷，「除掉孟玨？你們是打算明槍？還是暗箭？明槍，孟玨是諫議大夫，先皇口諭『百官之外』，他的生死就是皇上都不能隨便定，何況現在又有皇上暗中幫助，你的槍再快，皇上不許你刺出去，你能做什麼？暗箭，現在全天下都知道孟玨得罪了霍氏，他若不明不白的死了，霍家『謀害忠良』這個奸臣逆賊的名聲也就背定了。皇上怕的就是我們不犯錯。我們若先失了民心，在民間惡貫滿盈，毀的是家族的基石。基石不存，廟堂之上何以立足？」

霍山、霍雲聽得愣愣，心中雖是不服，卻再無一句話可說。

霍禹氣道：「這也不能，那也不能，難道我們什麼都不能做嗎？」

霍光肅容道：「當然有可做的。第一件事情就是把你們各自的府邸都好好整飭一番，下次若再有這些荒唐事情發生，誰的奴才，我就辦誰。」

霍禹、霍山、霍雲彼此看了一眼，都低下了頭，口服心不服地應：「是。」

「第二，」霍光點了點桌上的詩，「這麼好文采的人居然閒置民間，是我這個大司馬的失職，你們去把此人尋了來，好好款待，委以重用，使人盡其才。」

霍禹不肯說話，霍山和霍雲應道：「侄兒一定照辦。」

「第三，以後朝堂上見了孟玨，能有多客氣就有多客氣，若讓我看見你們鬧事，輕則家法伺候，重則國律處置。」

三人都不吭聲，霍光失望的目光從三人身上掠過，猛地拍桌斥道：「霍禹？」

霍禹看到父親的目光，一個寒顫，立即站起，畏懼地應道：「兒子明白。」

臉，甩袖而去。

霍山和霍雲也趕忙站起來，行禮說：「侄兒也明白。」

霍光看著他們三人，面容露了幾絲疲憊，長嘆了口氣，揮了揮手讓他們下去。

三人出來時，恰碰見霍成君。霍成君給三個哥哥行禮，霍禹冷哼一聲：「妳的好眼光！」寒著

霍山、霍雲對霍成君打了個哈哈，也匆匆離去。

霍成君眼中有了淚光，緊咬著唇，才沒有落下。

她輕輕推開屋門，只看父親正閉目養神，清臞的面容下藏著疲憊。

幾日間，父親的白髮似又多了幾根，已經微白的兩鬢讓父親看起來比實際年齡蒼老許多。

成君心中歉疚酸楚悲傷都有，放輕了腳步，走到父親身後，幫父親揉著太陽穴。

霍光沒有睜開眼睛，只笑著叫了聲：「成君？」

成君應道：「爹爹若累了，就躺一躺吧！」

霍光微笑道：「累的只是心。成君，這些日子發生的事情妳應該都知道了，不要往心裡去，這次的事情是爹大意了，沒有處理好。」

成君幾日來面對的不是母親責怪的眼光，就是兄長的冷言冷語，聽到父親的話，眼淚再沒忍住，一顆顆落了下來。

霍光輕嘆口氣，將成君拉到身前，讓她如小女孩般跪坐在了自己膝前，替她抹去眼淚，「傻丫頭，哭什麼哭？我們霍家的女兒想嫁誰不能嫁？爹一定給妳挑個最好的。」

霍成君傷心難耐，伏在父親膝頭哭起來，「爹，對不起。」

霍光撫著霍成君的頭髮，微微笑著說：「傻丫頭，妳哪裡有對不起爹？妳能看上孟玨，是妳的眼光好。孟玨不能娶到妳，是他沒有福分。」

霍成君哭了許久，把心中的難過、壓抑都哭了出來，好受許多，慢慢收了眼淚，「爹，你打算怎麼辦？」

霍光不答反問：「依妳看，如何處置最妥當？」

霍成君仰頭道：「修身養性，不處置最好。」

霍光聽後，凝視著霍成君，半晌都沒有說話。

霍成君心中不安，「爹，絕不是女兒想幫孟玨說話。孟玨雖羅列了霍家二十餘條罪狀，可他也不敢輕捋虎威，沒有一條和爹真正相關，爹爹唯一的過失只是馭下不嚴。只要爹爹的名聲未真正受損，那不管發生什麼，我們霍氏都可以挽回。現在霍府正在風口，眾目睽睽下不管做什麼，只怕都免不了做多錯多。若被有心人利用了去，再做什麼文章，到時只怕連爹爹也會受累。所以對霍府的人不但不要給予責罰，反應以禮待之，讓他人看看霍府的器量，同時整頓霍府。畢竟霍府如今樹大招風，又是皇上的眼中刺，若不整飭，即使今日沒有孟玨，他日若出了什麼事情，還是會有其他人跳出來。」

霍光長嘆了口氣，扶著霍成君的肩膀說：「妳怎麼生成了女兒身呢？妳若是男兒，爹就不用如此犯愁了。」

未央宮，宣室殿。

一室溫暖，一室清香，一室笑語。

雲歌身上半搭了塊羊絨毯，懶懶躺在榻上，邊說邊笑。

劉弗陵靠爐坐在雲歌榻下，未用坐榻，只地毯上又加了一塊白虎皮，他半倚著榻側，一手拿著火箸，正擊爐計時。

雲歌本來想講她如何見到小月氏的女王。

中原自炎黃二帝，歷經無數帝王，卻從沒有出過女君，所以劉弗陵聽到小月氏的君王是女子時，也是極感興趣。

可雲歌這個話簍子，從孔雀河畔出發講起，講了快一天，仍沒講到她進小月氏。路上碰到什麼人要講，買了什麼新奇玩意兒要講，吃了什麼好吃的也要講，劉弗陵估算，照雲歌這東拉西扯的毛病，等她講到小月氏女王，要過完年了。

劉弗陵無奈，只得給她規定時間，不要緊的事情，他擊箸限時，等到火箸敲完，雲歌就要趕快講下文。

聽著劉弗陵的速度漸漸加快，雲歌的語速也是越來越快，可是怎麼快，好像還是講不完她的故事，急得一下從榻上坐起來，去拽劉弗陵的胳膊，一邊按著劉弗陵的胳膊不許他敲，一邊飛快地說話，「你不知道那個歌女生得有多美，她的歌聲有多動聽，我們聽到她的歌聲時，都忘記了趕路……啊！不許敲……不許敲……你一定要聽……這個很好玩的……連我三哥都駐足聽歌了……」

劉弗陵板著臉，作勢欲敲，雲歌忙皺著眉頭，一口氣、不帶停地開始說話：「她皮膚比羊脂白腰肢比柳柔她看到我們時尾隨在我們駱駝後唱歌我們的駱駝都聽得不肯走路我給了她一塊銀子可她不要說只想看我家阿竹的容貌你說她古怪不古怪為什麼想要看阿竹的容貌她又不是男的……」

「哎呀！」一口氣實在換不過來，雲歌大叫一聲，扶著榻直喘氣，一手還不忘拽著劉弗陵的胳膊，「我這……哪裡是……講故事？我這是……趕命呢！」

劉弗陵擔心雲歌會咳嗽，可看她只是氣喘得急些，遂放下心來。

眼看著劉弗陵的胳膊又抬了起來，雲歌哭喪著臉，這人怎麼一點同情心都沒有！索性整個人滑到榻下，雙手握著他的胳膊，人擋在他面前，看他怎麼敲！

劉弗陵看著雲歌一臉凶巴巴的樣子，淡淡說：「快讓開。」

雲歌搖頭，很堅持。

劉弗陵面無表情地看著雲歌的身後。

雲歌忽覺得味道不對，一扭頭，才發現不知道什麼時候她蓋著的羊絨毯滑到了銅爐旁，被火烤得已是焦黑，眼看著火苗子就要竄起來。

雲歌情急下，忙要四處抓東西，劉弗陵將早已拿在手裡的水瓶，靜靜地遞到她手邊，雲歌隨手拿過，立即潑出去，隨著「滋滋」聲，黑煙騰起，滿室羊毛的焦臭味，還有一地水漬。

雲歌掩鼻，「你……你既看見了，怎麼不早點把毯子拿開？」

劉弗陵眼中帶了笑意，面上卻還是淡淡，「我想用火箸撥開，妳卻不讓。」

雲歌瞪著劉弗陵，啞然。

倒是她的錯了？

六順在殿外一邊吸鼻子，一邊探頭探腦。

劉弗陵拽著雲歌向外行去，經過六順身側時吩咐：「儘快把裡面收拾了。」

六順忙低頭應「是」。

于安看皇上和雲歌要出門，忙讓人去拿了大氅來。一件火紅狐狸皮氅，一件純黑狐狸皮氅。劉弗陵先拿了紅色的大氅，替雲歌披好，又接過黑色的，自己披上。

兩人沿著宣室殿的牆根慢慢走著。沒什麼特別的目的，只隨意而行。

雲歌看到不遠處的宮門時，忽地停了腳步，若有所思。

劉弗陵隨著雲歌的視線，看向宮外，「要出去走走嗎？」

雲歌的表情有些許落寞：「聽說大哥和許姐姐的孩子已經出世了，他們以前說要讓孩子認我做姑姑的。」

劉弗陵問：「妳說的大哥就是妳認錯的那個人，劉病已？」

雲歌點點頭。

劉弗陵想了瞬，頭未回地叫道：「于安，去預備車馬，我們出宮一趟。」

于安看了看天色，有些為難，天已要黑，又是倉促出宮，不甚妥當，可是勸皇上不要出宮，顯然更不妥當，只能吩咐人去做萬全準備。

于安扮作車夫，親自駕車，「皇上，去哪裡？」

劉弗陵說：「劉病已家。」

于安剛要揚鞭的手頓了下，盯了一眼身旁的七喜，七喜立即點點頭，表示一定會謹慎小心。

冬天，黑得早，天又冷，許平君早早做了飯吃，把炕燒得暖暖和和的，一家三口都在炕上待著。大門一關，管它外面天寒與地凍！

兒子在炕上，睡得香甜。

劉病已披著一件舊棉襖，坐在兒子旁邊，看司馬遷的《史記》，細思劉徹的執政得失。

許平君伏在炕頭的小几上，拿著一根筷子，在沙盤裡寫著字，邊寫邊在心中默誦，十分專注。

劉病已偶看她一眼，她都不覺，劉病已不禁搖頭而笑。

屋外突然傳來拍門聲，劉病已和許平君詫異地對視了一眼，冬天的晚上，人人都縮在家中避寒，極少有訪客，能是誰？

劉病已剛想起來，許平君已經跳下炕，穿好鞋子，又隨手整了把裙子，匆匆跑去開門，一邊問著：「誰呀？」一邊拉開了門。

門外一男一女並肩而立，器宇華貴超拔。

男子身披純黑狐狸皮氅，女子一襲罕見的火紅狐狸皮氅，一個神情清冷，一個巧笑倩兮，一冷，一暖，不協調中又透著異樣的和諧。

許平君微張著嘴，半晌都說不出話來。

雲歌對許平君笑眨了眨眼睛，側頭對劉弗陵說：「我定是吃得太多，變樣了，連我姐姐都不認識我了！」

許平君眼中有了淚花，一把就抱住雲歌。她是真怕這一生再無機會彌補她對雲歌的愧欠，老天如今竟然把雲歌又送到了她面前。

雲歌雖知道許平君見了她定會驚訝，卻未料到她反應如此激烈，心中感動，笑著說：「做了娘的人還跟個孩子一樣，怎麼帶小孩呢？」

許平君悄悄把眼角的淚擦去，挽住雲歌的手，把她拉進屋子，「病已，病已，你看誰來了？」

劉病已放下書冊，抬眼就看到雲歌，忙要下炕穿鞋，瞥到隨在雲歌身後的男子，他一怔，面色頓變，竟是光腳就跳到了地上，身軀挺得筆直，一把就把許平君和雲歌拽到了自己身後。

劉弗陵隨意立著，淡淡審視著劉病已。

劉病已胸膛劇烈地起伏，眼中全是戒備。

氣氛詭異，許平君和雲歌看看劉弗陵，再看看劉病已，不明白為什麼兩個初次見面的陌生人竟劍拔弩張，病已的反應好像隨時要以命相搏的樣子。

雲歌從劉病已身後走出，劉病已想拉，未拉住，雲歌已經站到劉弗陵身側，對劉弗陵說：「這就是病已大哥，這是許姐姐。」又對劉病已和許平君說：「他是……」看著劉弗陵卻實在不知道該如何介紹。

許平君並肩站到劉病已身側，握住劉病已緊拽成拳頭的手，微笑道：「妾身曾見過這位公子一面。」

劉弗陵對許平君微微一點頭，「上次走得匆忙，還未謝謝夫人指點之義。」

許平君笑說：「公子太客氣了，公子既是雲歌的朋友，那也就是我們的朋友。」說完，看向雲歌，等著她的那個許久還未說出口的名字。

雲歌心虛地對許平君笑，「他是……是我的……陵哥哥。」

許平君一怔，還有這樣介紹人的？一個大男人，無姓無名，又不是見不得人！劉弗陵卻是眼中帶了暖意，對許平君說：「在下恰好也姓劉，與尊夫同姓。」

劉病已剛見到劉弗陵時的震驚已去，慢慢冷靜下來，明白劉弗陵既然已經知道他的存在，想要他的命，不過一句話的事情，他的任何舉動不過是以卵擊石，不如索性大大方方應對。

只是……他看了眼許平君和炕上的孩子……只是對不住他們，終是把他們拖進了一個危機重重的世界。

劉病已笑著向劉弗陵作了一揖，先穿好鞋子，又讓許平君去簡單置辦一點酒菜，擺好几案，請劉弗陵和雲歌坐到炕上。

火炕燒得十分暖和，劉弗陵和雲歌穿著大氅，都有些熱，劉弗陵伸手要替雲歌解開大氅，雲歌笑著閃身躲開，「我自己來，你顧好自己就可以了。」

劉病已看著劉弗陵和雲歌，心內詫異震驚不解，各種滋味都有。

雲歌脫掉大氅，踢掉鞋子，爬到炕裡頭，伏在劉病已的兒子跟前看。小兒沉睡未醒，小手團成拳頭時不時還伸一下，雲歌看得咕咕笑起來，在小孩臉上親了下，「我是你姑姑，知道不知道？要叫姑姑的哦！」

許平君端著酒出來，一邊布置酒菜，一邊說：「離說話還早著呢！妳和病已都是聰明人辦糊塗事，他也整天對著孩子說『叫爹』，也不想想孩子若真的現在就會叫爹，還不嚇死人？」

劉弗陵忽然說：「把孩子抱過來，讓我看看。」

雲歌笑著將孩子小心翼翼地抱起來，湊到劉弗陵身邊，讓他看。劉病已目不轉睛地盯著劉弗陵。

劉弗陵低頭看了孩子一會兒，解下隨身帶著的一個合歡珮，放在孩子的小被子裡，「來得匆忙，未帶見面禮，這個就聊表心意。」

許平君知道此人身上的東西肯定不是凡品，不敢收，趕忙推辭。

劉弗陵笑對劉病已說：「算來，我還是這孩子的長輩，這禮沒什麼收不得的。」

劉病已從雲歌手裡接過孩子，交給許平君，「我代虎兒謝過……謝過公子。」

雲歌笑問：「虎兒是小名嗎？大名叫什麼？」

許平君說：「還沒有想好，就一直叫著小名了。」

劉病已忽地對劉弗陵說：「請公子給小兒賜個名字。」說完，心內緊張萬分，面上卻無所謂地笑看著劉弗陵。

雲歌瞅了瞅劉病已，又看了看劉弗陵，沒有說話。

劉弗陵沉吟了會兒，對劉病已說道：「今日隨手剛翻了《逸周書》，頗喜『奭』字，就用其做名如何？」

雲歌側頭思索：「劉奭？」

許平君忙把沙盤遞給雲歌，小聲問：「雲歌，怎麼寫？」

雲歌有意外的驚喜，笑問：「姐姐在學字？」

雲歌一筆一劃，仔細寫給了許平君，許平君忙用心記下，一時也不知道好不好，只覺得字很生僻，他們這些普通人家的孩子用如此生僻的字，只怕到時候能叫得出來的人都不多。

劉病已聽到劉弗陵起的名字，心內如吃了定心丸，對孩子的擔心散去，很恭敬地站起來，對劉弗陵行禮：「謝公子賜名。」

許平君看劉病已好像十分中意這個名字，也忙抱著孩子對劉弗陵行禮作謝。

劉弗陵只微點了點頭，沒有說什麼。看到炕上的竹簡，他問劉病已：「《史記》中最喜歡哪一節？」

劉病已猶豫了下，說：「近來最喜讀先皇年輕時的經歷。」

劉弗陵輕頷了下首，靜靜打量著屋子四周。

劉弗陵不說話，劉病已也不開口。

許平君覺得今天晚上的劉病已大異於平時，知道事情有古怪，更不敢隨便說話。

雲歌沒理會他們，自低著頭看虎兒玩，時不時湊到虎兒臉上親一下。

這個家並不富裕，但因為有一個巧手主婦，所以十分溫暖。

劉弗陵從屋子內的一桌一椅看過，最後目光落回了劉病已身上。

劉病已身上披著的舊棉襖顯然有些年頭，袖口已經磨破，又被許平君的一雙巧手細心修補過，一圈顏色略深的補丁，被許平君做得像是特意繡上去的花紋。

劉病已鎮定地接受著劉弗陵的打量，如果說剛見面，劉弗陵是在審視他是否值得自己坐下與他說話，那麼劉弗陵現在又在審視什麼？審視他這個皇孫的破落生活嗎？

應該不是。

雖然他第一次見劉弗陵，可他相信雲歌的眼光，更相信自己的判斷。那劉弗陵究竟還想知道什麼？劉弗陵為何要特意出宮來見他？

一室沉寂中，雲歌展了展腰，跳下炕，一邊穿鞋，一邊說：「已經好晚了，大哥和許姐姐也該歇息了，我們回去。」拿了劉弗陵的大氅來，劉弗陵起身站好，雲歌站到一邊的腳踏上，剛比劉弗陵高了些，她笑著幫劉弗陵圍好大氅，把自己的大氅隨意往身上一裹，就要出門。不料劉弗陵早有準備，雲歌動作快，劉弗陵動作更快，拽著雲歌的衣領子把雲歌給硬揪了回來，雲歌只能齜牙咧嘴地任由劉弗陵擺弄。

兩個人無聲無息，卻煞是熱鬧，看得許平君差點笑出聲。

劉弗陵替雲歌整好皮氅，兩人才一前一後出了門。

劉病已和許平君到門口送客，看到雲歌剛拉開門，暗處立即就有人迎上來，服侍劉弗陵和雲歌上馬車，雲歌上車後，猶探著身子出來向他們笑揮了揮手。

等馬車完全消失在夜色中，劉病已才鎖上了門，回到屋內，半晌都不說話。

許平君默默坐到他身側，很久後，勸道：「不管以後發生什麼，該睡的覺總是要睡的。」

劉病已握住許平君的手，「以後的日子只怕不好過，事到如今，有些事情不該再瞞妳，不管將來發生什麼，總該讓妳心裡有個底。妳知道剛才來的人是誰嗎？」

許平君說：「此人氣度華貴，神情冷淡，可他的冷淡絲毫不會讓你覺得他倨傲，他還……還十分威嚴，是那種藏著的威嚴，不像那些官老爺們露在外面的威嚴。他的來歷定不一般，不過不管他什麼來歷，既然是雲歌的朋友，就是我們的朋友。對了，病已，你發覺沒有？他的眼睛和你長得有些像。天下之大，真是無奇不有，不知道的人還會以為你們是親戚呢！」

劉病已緊握住許平君的手，似怕她不相信，一字一頓地慢慢說：「他就是我的親戚，算來，我還應該叫他一聲『爺爺』，我親爺爺在他們那輩兄弟中排行最大，他是最小的，所以兄弟間差了四十多歲。他姓劉，名弗陵，是當今聖上。」

許平君眼睛瞪得越來越大，瞳孔內的視線卻是越縮越小，漸如針芒，手腳也開始輕顫，不過短短瞬間，額頭就有細密的冷汗沁出。

劉病已嘆了口氣，把她擁在了懷裡，「平君，對不起，這一生是要拖妳和我一起受苦了。」

許平君腦內思緒紛雜，一會想著皇上的大哥，那不就是衛太子嗎？一會又想著衛太子一家的慘死，再想到直到現在衛太子還是禁忌，她和劉病已是不是該逃？可逃到哪裡去？一會又想著劉病已是皇孫？皇孫！告訴娘，豈不是要嚇死娘，她這次可是真揀了個貴人嫁！只是這樣的「貴人」，娘是絕對不想要的。皇上為什麼突然來？是不是想殺他們？她是不是也算個皇妃了？

許平君一時覺得十分恐懼，一時又覺得十分荒唐，無所憑依中，一直有個懷抱靜靜擁著她。許平君的思緒慢慢平復，臉靠在劉病已的肩頭，平靜地說：「我願意被你拖一生，真能拖一生，是我的福氣。」

劉病已攬著許平君，望著沉睡的兒子，只覺肩頭沉重，他已經不再是一個人，以前還可以偶有疲憊放棄的想法，現在卻必須要堅定地走下去，不但要走，還一定要走出點名堂。

路，總是人走出來的，難道老天讓他活下來，只是為了讓他苟且偷生？

許平君反覆琢磨著劉弗陵先前的一言一行，想猜測出劉弗陵的心思，卻只覺十分困難。劉弗陵自始至終，表情一直十分清淡，很難看出喜怒，不過劉弗陵雖然難測，雲歌卻很好猜測。

雖不知道雲歌怎麼會和皇上成了故交，可連長安城郊鬥雞走狗的混混都能是皇孫，這個世上，許平君已經實在想不出來，還有什麼是不可能的了。

「病已，雲歌知道你的身分了嗎？不管皇上怎麼想，雲歌定不會害你。」

劉病已說：「剛來時，雲歌應該也不知道，不過看她後來的樣子，只怕已經猜得八九不離十。」

現在的雲歌亦非當年的雲歌，孟玨傷她很深，雲歌只怕再不會毫不多想地信任一個人。雲歌以前隨他去過衛子夫的墓地，今日的情形加上以前的點滴事情，雲歌即使不能肯定他是衛太子的後人，也定能明白他和皇族有密切關係。

許平君心下暗吁了口氣，有雲歌在，不管發生什麼，他們總有時間應對。

再往壞裡打算，即使……即使將來真有什麼發生，至少可保住虎兒。想來這也是病已特意求皇上給虎兒賜名的原因。

他求的不是兒子的名，而是兒子的命。

而皇上賜的那個「奭」字，想來也別有深意，所以病已才恭敬地行禮謝恩。

馬車內，雲歌笑盈盈地趴在墊子上，反常地一句話都沒有。

劉弗陵望著她，「劉病已是他的化名，他的本名應該叫劉詢。他身上的玉珮和我的玉珮都是由和氏璧雕成，又是同一個工匠所雕，所以有了妳後來的誤會。今日我想見他……」

雲歌如貓一般換了個姿勢，讓自己趴得更舒服一些，笑道：「陵哥哥，我知道你不會傷害病已大哥，為了那個見鬼的皇位，流的血已經夠多，你絕不會因為他是衛太子的孫子就想殺他，我才不擔心那個。我現在只是覺得好笑，怎麼我每認識一個姓劉的，一個就是皇族裡的人？我正琢磨我還認識哪個姓劉的人，趕緊弄清楚到底是王爺，還是皇孫，省得下次又猛地驚訝一次。」

劉弗陵聽雲歌話說得有趣，「妳還認識哪個姓劉的？」

雲歌吐吐舌頭，「自認為天下最英俊、最瀟灑、最風流、最不羈的人，你那個最荒唐的侄兒。」

劉弗陵有些詫異，「劉賀？」雲歌什麼時候認識劉賀的？想來只有甘泉宮行獵那次，雲歌有機會見劉賀，可若在那裡見的，卻談不上驚訝是皇族的人。

雲歌想到劉賀，看看劉弗陵，忽地笑起來，拍著墊子，樂不可支。

劉弗陵看到她的樣子，也露了笑意，「下次一定讓妳如意，讓他見了妳，執晚輩之禮，叫妳姑姑。」

雲歌笑著連連點頭，另一個人的身影忽地從腦中掠過，本來的開心頓時索然無味。

劉弗陵看雲歌忽然把臉埋在了毯子間，雖不知道究竟何原因，卻知道她定是想起一些過去的事情了，既沒有去安慰她，也沒有刻意說話轉移雲歌的注意，只是靜靜地看著雲歌，沉默中給雲歌自己的天地。

好半晌以後，雲歌悶著的聲音從毯子下面傳出來，「劉賀私自進過長安，他和孟珏關係很好，算結拜兄弟。不過他們二人是因為另一個結拜兄弟，才走到一起，孟珏對劉賀有保留，並非十成十的交情，劉賀對孟珏只怕也不真正相信。」

劉弗陵雖微微一怔，但對聽到的內容並未太在意。

劉賀若循規蹈矩就不是劉賀了，更讓他在意的是雲歌對他毫無保留的信任，還有信任下想保護他的心意。只是，雲歌，妳可是為了一年後不愧歉的離去，方有今日的好？

第二十四章 夜半私語

雲歌烏髮半挽，散下的幾縷烏髮未顯凌亂，反倒給她平添了幾分風情。
燈影流轉，把雲歌的表情一一勾勒，迷茫、困惑、欣悅、思索。
劉弗陵突然心亂了幾拍，這才發覺自己握著雲歌的手，心中一蕩……

大清早，劉病已起床未久，正和許平君吃早飯，就有個陌生人上門找他。
「請問劉病已劉爺在家嗎？」
聽到來人說話，劉病已心中那股自劉弗陵來後一直繃著的弦倏地一陣轟鳴。該來的終是來了。
他忙放下碗筷，迎到院中，「我就是。」
七喜笑著行禮，劉病已忙回禮，笑說：「一介草民，不敢受公公大禮。」
七喜笑道：「劉爺好機敏的心思。我奉于總管之命來接你進宮，馬車已經在外面候著了。」
許平君聽到「進宮」二字，手裡的碗掉到地上，「匡噹」一聲，摔了個粉碎。

劉病已回身對許平君說：「我去去就回，水缸裡快沒水了，妳先湊合著用，別自己去挑，等我回來，我去挑。」

許平君追到門口，眼淚花花在眼眶裡面打轉，只是強忍著，才沒有掉下。

劉病已深看了她一眼，抱歉地一笑，隨七喜上了馬車。

許平君扶著門框無聲地哭起來，心中哀淒，只怕他一去不能回。

屋裡的孩子好似感應到母親的傷心，也哭了起來，人不大，哭聲卻十分洪亮，許平君聽到孩子的哭聲，驀地驚醒，她不能什麼都不做地等著一切發生。

她進屋把孩子背上，匆匆去找孟玨。

這是她唯一能求救的人。

馬車載著劉病已一直行到了宮門前的禁區，七喜打起簾子，請劉病已下車步行。

劉病已下車後，仰頭看著威嚴的未央宮，心內既有長歌當哭的感覺，又有縱聲大笑的衝動。

顛沛流離十幾年後，他用另外一種身分，卑微地站在了這座宮殿前。

七喜十分乖巧，在一旁靜靜等了會兒，才提醒劉病已隨他而行。

宮牆、長廊、金柱、玉欄……

每一個東西都既熟悉，又陌生。

很多東西都曾在他午夜的噩夢中出現過，今日好似老天給他一個驗證的機會，證明他那些支離破碎的夢，是真實存在，而非他的幻想。

往常若有官員第一次進宮，宦官都會一邊走，一邊主動介紹經過的大殿和需要留心的規矩，一則提醒對方不要犯錯，二則是攀談間，主動示好，為日後留個交情。

今日，七喜卻很沉默，只每過一個大殿時，低低報一下殿名，別的時候，都安靜地走在前面。快到溫室殿時，七喜放慢了腳步，「快到溫室殿了，冬天時，皇上一般都在那裡接見大臣，處理朝事。」

劉病已對七喜生了幾分好感，忙道：「多謝公公提醒。」

未央宮，椒房殿。

前來覲見皇后的霍光正向上官小妹行叩拜大禮。

小妹心裡十分彆扭，卻知道霍光就這個性子。不管內裡什麼樣子，人前是一點禮數都不會差。她是君，他是臣。

所以她只能端端正正地坐著，如有針刺般地等著霍光行完禮，好趕緊給霍光賜座。

霍光坐下後，小妹向兩側掃了一眼，宦官、宮女都知趣地退了出去。

小妹嬌聲問：「祖父近來身體可好，祖母身體可好，舅舅、姨母好嗎？姨母很久未進宮了，我很想她，她若得空，讓她多來陪陪我。」

霍光笑欠了欠身子：「多謝皇后娘娘掛念，臣家中一切都好。皇后娘娘可安好？」

小妹低下了頭。

先是宣室殿多了個女子，緊接著霍府又被人奏了一本，這個節骨眼上，這個問題可不好答。祖父想要的答案是「好」，還是「不好」呢？

與其答錯，不如不答，由祖父自己決定答案。

霍光看小妹低頭玩著身上的玉環，一直不說話，輕嘆了口氣，「皇后娘娘年紀小小就進了宮，身邊沒個長輩照顧，臣總是放心不下，可有些事情又實在不該臣操心。」

「你是我的祖父，祖父若不管我了，我在這宮裡可就真沒有依靠了。」小妹仰著頭，小小的臉上滿是著急傷心。

霍光猶豫了一下，換了稱呼：「小妹，妳和皇上……皇上他可在妳這裡……歇過？」

小妹又低下了頭，玩著身上的玉環，不在意地說：「皇帝大哥偶爾來看看我，不過他有自己的住處，我這裡也沒有宣室殿布置得好看，所以沒在我這裡住過。」

霍光又是著急又是好笑，「怎麼還是一副小孩子樣？宮裡的老嬤嬤們沒給妳講過嗎？皇上就是應該住在妳這裡的。」

小妹噘了噘嘴，「她們說的，我不愛聽。我的榻一個人睡剛剛好，兩個人睡太擠了，再說，皇上他總是冷冰冰的，像……」小妹瞟了眼四周，看沒有人，才小聲說：「皇上像塊石頭，我不喜歡他。」

霍光起身走到小妹身側，表情嚴肅，「小妹，以後不許再說這樣的話。」

小妹咬著唇，委屈地點點頭。

「小妹，不管妳心裡怎麼想，皇上就是皇上，妳一定要尊敬他，取悅他，努力讓他喜歡妳。皇上對妳好了，妳在宮裡才會開心。」

小妹不說話，好一會後，才又點點頭。

霍光問：「皇上新近帶回宮的女子，妳見過了嗎？」

小妹輕聲道：「是個很好的姐姐，對我很好，給我做菜吃，還陪我玩。」

霍光幾乎氣結，「妳……」自古後宮爭鬥的殘酷不亞於戰場，不管任何娘娘，只要家族可以幫她，哪裡會輕易讓別的女子得了寵？何況小妹還是六宮之主，霍氏又權傾天下。現在倒好！出了這麼一個不解世事、長不大的皇后，本朝的後宮可以成為歷朝歷代的異類了。

小妹怯怯地看著霍光，眼中滿是委屈的淚水。

小妹長得並不像父母，可此時眉目堪憐，竟是十分神似霍憐兒。霍光想到憐兒小時若有什麼不開心，也是這般一句話不說，只默默掉眼淚，心裡一酸，氣全消了。

小妹六歲就進了宮，雖有年長宮女照顧，可畢竟是奴才，很多事情不會教，也不敢教，何況有些東西還是他特別吩咐過，不許小妹知道，也不希望小妹懂得的。

小妹又沒有同齡玩伴，一個人守在這個屋子裡，渾渾噩噩地虛耗著時光，根本沒機會懂什麼人情世故。

霍光凝視著小妹，只有深深的無奈，轉念間又想到小妹長不大有長不大的好處，她若真是一個心思複雜、手段狠辣的皇后，他敢放心留著小妹嗎？

霍光不敢回答自己的問題，所以他此時倒有幾分慶幸小妹的糊裡糊塗。

霍光輕撫了撫小妹的頭，溫和地說：「別傷心了，祖父沒有怪妳。以後這些事情都不用妳操心，祖父會照顧好妳，妳只要聽祖父安排就好了。」

小妹笑抓住霍光的衣袖，用力點頭。

霍光從小妹所居的椒房宮出來。

想了想，還是好似無意中繞了個遠路，取道滄河，向溫室殿行去。

滄河的冰面上。

雲歌、抹茶、富裕三人正熱火朝天地指揮著一群宦官做東西。

雲歌戴著繡花手套，一邊思索，一邊笨拙地畫圖。

抹茶和富裕兩人在一旁邊看雲歌畫圖，邊唧唧喳喳。你一句話，我一句話，一時說不到一起去，還要吵幾句。

雖然天寒地凍，萬物蕭索，可看到這幾個人，卻只覺得十分的熱鬧，十二分的勃勃生機。

而椒房宮內，雖然案上供著精心培育的花，四壁垂著長青的藤，鳳爐內燃著玉凰香，可肅容垂目的宮女，陰沉沉的宦官，安靜地躲坐在鳳榻內、自己和自己玩的皇后，讓人只覺如進冰室。

霍光在一旁站了片刻，才有人發現他，所有人立即屏息靜氣地站好，給他行禮問安。

霍光輕掃了他們一眼，微笑著，目光落到了雲歌身上。

雲歌看到霍光，暗暗吃了一驚，卻未顯不安，迎著霍光的目光，笑著上前行禮。

霍光笑道：「第一次見妳，就覺得妳不俗，老夫真沒看走眼。」

雲歌只是微笑，沒有答話。

霍光凝視著雲歌，心中困惑。

自雲歌在宣室殿出現，他已命人把雲歌查了個底朝天，可是這個女孩子就像突然從天上掉下來一樣。

沒有出身、沒有來歷、沒有家人，突然就出現在了長安，而且從她出現的那天起，似乎就和霍府有著脫不開的關係。

先是劉病已，逼得他不能再假裝不知道；緊接著又是孟玨，女兒成君竟然要和做菜丫頭爭孟玨。一個孟玨攪得霍府灰頭土臉，賠了夫人又折兵，還拿他無可奈何。

接著她搖身一晃，又出現在了劉弗陵身旁。雖然不知道皇上帶她入宮，是真看上了她，還是只是一個姿態，無聲地表達出對霍氏的態度，用她來試探霍氏的反應。可不管她是不是棋子，霍氏都不可能容非霍氏的女子先誕下皇子。這個女子和霍氏的矛盾是無可避免了。

霍光想想都覺得荒唐，權傾朝野、人才濟濟的霍氏竟然要和一個孤零零的丫頭爭鬥？

也許把這場戰爭想成是他和皇上之間力量的角逐，會讓他少一些荒唐感。

雲歌看霍光一直盯著她看，笑嘻嘻地叫了一聲：「霍大人？」

霍光定了定神，收起各種心緒，笑向雲歌告辭。

霍光剛轉身，雲歌就繼續該做什麼做什麼，像沒事人一樣。

富裕看霍光走遠了，湊到雲歌身旁，期期艾艾地想說點什麼，又猶猶豫豫地說不出來。

雲歌笑敲了一下富裕的頭，「別在那裡轉九道十八彎的心思了，你再轉也轉不贏，不如不轉。專心幫我把這個東西做好，才是你的正經事情。」

富裕笑著撓撓頭，應了聲「是」，心下卻是打起了十足的精神，知道以後的日子禁不得一點疏忽。

未央宮，溫室殿。

劉病已低著頭，袖著雙手，跟著七喜輕輕走進了大殿。

深闊的大殿，劉弗陵高坐在龍榻上，威嚴無限。

劉病已給劉弗陵行禮，「陛下萬歲。」

「起來吧！」

劉弗陵打量了他一瞬，問道：「你這一生，到現在為止，最快樂的事情是什麼？最想做的事情又是什麼？」

劉病已呆住，來的路上，想了千百個劉弗陵可能問他的話，自認為已經想得十分萬全，卻還是全部想錯了。

劉病已沉默地站著，劉弗陵也不著急，自個低頭看摺子，任由劉病已站在那裡想。

許久後，劉病已回道：「我這一生，到現在還談不上有什麼最快樂的事情，也許兒子出生勉強能算，可當時我根本分不清楚我是悲多還是喜多。」

劉弗陵聞言，抬頭看向劉病已。

劉病已苦笑了下，「我這一生最想做的事情是做官。從小到大，顛沛流離，穿百家衣，吃百家飯長大，深知一個好官可以造福一方，一個壞官也可以毀掉成百上千人的生活。見了不少貪官惡吏，氣憤時恨不得直接殺了對方，可這並非正途。游俠所為可以懲惡官，卻不能救百姓。只有做官，替皇上立法典，選賢良，才能造福百姓。」

劉弗陵問：「聽聞長安城內所有的游俠客都尊你一聲『大哥』，歷來『俠以武犯禁』，你可曾做過犯禁的事情？」

劉病已低頭道：「做過。」

劉弗陵未置可否，只說：「你很有膽色，不愧是游俠之首。你若剛才說些什麼『淡泊明志、曠達閒散』的話，朕會賜你金銀，並命你立即離開長安，永生不得踏入長安城方圓八百里之內，讓你從此安心去做閒雲野鶴。」

劉病已彎身行禮，「想我一個落魄到鬥雞走狗為生的人，卻還在夜讀《史記》。如果說自己胸無大志，豈不是欺君？」

劉弗陵剛想說話，殿外的宦官稟道：「皇上，霍大人正向溫室殿行來，就快到了。」

劉病已忙要請退，劉弗陵想了下，對于安低聲吩咐了幾句，于安上前請劉病已隨他而去。

不一會兒，霍光就請求覲見。劉弗陵宣他進來。

霍光恭敬地行完君臣之禮後，就開始進呈前段時間劉弗陵命他和幾個朝廷重臣仔細思考的問題。

自漢武帝末年，豪族吞併土地愈演愈烈，失去土地的百姓被迫變成無所憑依的流民。此現象隨著官府賦稅減輕有所好轉，卻還未得到根治。若不想辦法治理土地流失，這將會是漢朝的隱患，萬一國家在特殊情形下，需要提高賦稅應急，就有可能激發民變；但如果強行壓制豪族，又可能引起地方不穩，以及仕族的內部矛盾。

霍光結合當今邊關形勢，提出獎勵流民邊關屯田，和引導流民回鄉的兩項舉措，同時加大對土地買賣的管制，嚴厲打擊強買霸買，再特許部分土地壟斷嚴重的地區，可以用土地換取做官的機會，慢慢將土地收回國家手中。

採用柔和政策壓制豪族，疏通辦法解決流民，調理之法緩和矛盾。霍光的考慮可謂上下兼顧，十分周詳。劉弗陵邊聽邊點頭，「霍愛卿，你的建議極好。我朝如今就像一個大病漸癒、小病卻仍很多的人，只適合和緩調理，這件事情就交給你和田千秋辦，不過切記，用來換田地的官職絕不可是實職。」

霍光笑回道：「皇上放心，那些官職的唯一作用就是讓做官的人整日忙著玩官威。」

劉弗陵想了片刻又道：「朕心中還有一個人選，可以協助愛卿辦理此事。」

田千秋是木頭丞相，凡事都聽霍光的，所以霍光對田千秋一向滿意，但皇上心中的另一個人？

霍光打了個哈哈，「皇上，此事並不好辦，雖然是懷柔，可該強硬的時候也絕不能手軟，才能有殺一儆百的作用。地方上的豪族大家往往和朝廷內的官員仕族有極深的關係，一般人只怕……」

劉弗陵淡淡說：「此人現在的名字叫劉病已，大司馬應該知道。」

霍光眼內神色幾變，面上卻只是微微呆了一瞬，向劉弗陵磕頭接旨，「臣遵旨。只是不知道皇上想給劉病已一個什麼官職？」

「你看著辦吧！先讓他掛個閒職，做點實事。」

霍光應道：「是。」

霍光本來打算說完此事，提示一下皇上，宮裡關於皇上何時臨幸皇后的規矩，可被劉弗陵的驚人之舉澈底打亂了心思，已顧不上後宮的事情，先要回去理順劉病已是怎麼回事，「皇上若無其他事情吩咐，臣就回去準備著手此事了。」

劉弗陵點點頭，准了霍光告退。

霍光剛走，劉病已從簾後轉了出來，一言未說，就向劉弗陵跪下，「臣叩謝皇上隆恩。」

劉弗陵看了眼于安，于安忙搬了個坐榻過去，讓劉病已坐。

「病已，剛才大司馬對此事的想法已經闡述得很明白，如何執行卻仍是困難重重，此事關乎社稷安穩，必須要辦好，朕就將它交給你了。」

劉弗陵十分鄭重，劉病已毫未遲疑地應道：「皇上放心，臣一定盡全力。」

雲歌聽七喜說霍光已走，此時和劉弗陵議事的是劉病已，兩隻眼睛立即瞪得滴溜溜的圓。

她躡手躡腳地走到窗口往裡偷看，見劉病已穿戴整齊，肅容坐在下方，十分有模有樣。

于安輕輕咳嗽了一聲提醒劉弗陵，劉弗陵看向窗外，就見一個腦袋猛地閃開，緊接著一聲低沉的「哎喲」，不知道她慌裡慌張撞到了哪裡，劉弗陵忙說：「想聽就進來吧！」

雲歌揉著膝蓋，一瘸一拐地進來，因在外面待得久了，臉頰凍得紅撲撲，人又裹得十分圓實，看上去甚是趣怪。

劉弗陵讓她過去，「沒有外人，坐過來讓我看看撞到了哪裡。」

雲歌朝劉病已咧著嘴笑了下，坐到劉弗陵的龍榻一側，伸手讓劉弗陵幫她先把手套拽下來，「就在窗臺外的柱子上撞了下，沒事。你請大哥來做什麼？我聽到你們說什麼買官賣官，你堂堂一個皇帝，不會窮到需要賣官籌錢吧？那這皇帝還有什麼做頭？不如和我去賣菜。」

劉弗陵皺眉，隨手用雲歌的手套，打了雲歌腦袋一下，「我朝的國庫窮又不是一年兩年，從我登基前一直窮到了現在。如今雖有好轉，可百姓交的賦稅還有更重要的去處，而我這個皇帝，看著富甲天下，實際一無所有，能賣的只有官。」

劉病已笑說：「商人想要貨品賣個好價錢，貨品要麼獨特，要麼壟斷。『官』這東西全天下就皇上有，也就皇上能賣，一本萬利的生意，不做實在對不起那些富豪們口袋中的金子。」

劉弗陵也露了笑意，「父皇在位時，為了籌措軍費也賣過官，利弊得失，你一定要控制好。」

劉病已應道：「臣會十分謹慎。」

雲歌聽到「臣」字，問劉弗陵：「你封了大哥做官？」

劉弗陵微頷了下首。

雲歌笑向劉病已作揖：「恭喜大哥。」

劉病已剛想說話，七喜在外稟奏：「諫議大夫孟玨請求覲見。」

雲歌一聽，立即站了起來，「我回宣室殿了。」

劉弗陵未攔她，只用視線目送著她，看她沿著側面的長廊，快速地消失在視線內。

剛隨宦官進入殿門的孟玨，視線也是投向了側面，只看一截裙裾在廊柱間搖曳閃過，轉瞬，芳蹤已不見。

他望著她消失的方向，有些怔怔。回眸時，他的視線與劉弗陵的視線隔空碰撞。

一個笑意淡淡，一個面無表情。

孟玨微微笑著，垂目低頭，恭敬地走向大殿。

他低頭的樣子，像因大雪驟雨而微彎的竹子。

雖謙，卻無卑。

彎身只是為了抖落雪雨，並非因為對雪雨的畏懼。

劉弗陵處理完所有事情，回宣室殿時，雲歌已經睡下。

他幫她掖了掖被子，輕輕在榻旁坐下。

雲歌心裡不安穩，其實並未睡著，半睜了眼睛問：「今日怎麼弄到了這麼晚？累不累？」

「現在不覺得累，倒覺得有些開心。」

難得聽到劉弗陵說開心，雲歌忙坐了起來，「為什麼開心？」

劉弗陵問：「妳還記得那個叫月生的男孩嗎？」

雲歌想起往事，心酸與欣悅交雜，「記得，他一口氣吃了好多張大餅。我當時本想過帶他回我家的，可看他脾氣那麼執拗，就沒敢說。也不知道他現在找到妹妹了沒有。」

劉弗陵道：「他那天晚上說，為了交賦稅，爹娘賣掉了妹妹，因為沒有了土地，父母全死了，這些全是皇帝的錯，他恨皇帝。趙將軍不想讓他說，可這是民聲，是成千上萬百姓的心聲，是沒有人可以阻擋的聲音，百姓在恨皇帝。」

雲歌心驚，劉弗陵小小年紀背負了母親的性命還不夠，還要背負天下的恨嗎？

難怪他夜夜不能安穩入睡，她握住了劉弗陵的手，「陵哥哥，這些不是你的錯……」

劉弗陵未留意到雲歌對他第一次的親暱，只順手反握住了雲歌的手，「這麼多年，我一直想著他，也一直想著他的話。到如今，我雖然做得還不夠，但賦稅已經真正降了下來，不會再有父母為了交賦稅而賣掉兒女。只要今日的改革能順利推行，我相信三四年後，不會再有百姓因為沒有土地而變成流民，也不會再有月生那樣的孩子。如果能再見到他，我會告訴他我就是大漢的皇帝，我已經盡力。」

雲歌聽得愣住，在她心中，皇權下總是悲涼多、歡樂少，總是殘忍多、仁善少，可劉弗陵的這番話衝擊了她一貫的認為。

劉弗陵所做的事情，給了多少人歡樂？皇權的刀劍中又行使著怎樣的大仁善？

雲歌烏髮半挽，鬢邊散下的幾縷烏髮未顯凌亂，反倒給她平添了幾分風情。

燈影流轉，把雲歌的表情一一勾勒，迷茫、困惑、欣悅、思索。

劉弗陵突然心亂了幾拍，這才發覺自己握著雲歌的手，心中一蕩，低聲喚道：「雲歌。」

他的聲音低沉中別有情緒，雲歌心亂，匆匆抽出了手，披了件外袍，想要下榻，「你吃過飯了嗎？我去幫你弄點東西吃。」

劉弗陵不敢打破兩人現在相處的平淡溫馨，不想嚇跑雲歌，忙把心內的情緒藏好，拉住了她的衣袖，「議事中吃了些點心。這麼晚了，別再折騰了。我現在睡不著，陪我說會兒話。」

雲歌笑：「那讓抹茶隨便拿些東西來，我們邊吃邊說話。這件事情，我早就想做了，可我娘總是不許我在榻上吃東西。」

雲歌把能找到的枕頭和墊子都拿到了榻上，擺成極舒適的樣子，讓劉弗陵上榻靠著，自己靠到另一側。

兩人中間放著一個大盤子，上面放著各色小吃。

再把帳子放下，隔開外面的世界，裡面自成一個天地。

雲歌挑了塊點心先遞給劉弗陵，自己又吃了一塊，抿著嘴笑：「我爹爹從來不管府內雜事，我娘是想起來理一理，想不起來就隨它去。反正她和爹爹的眼中只有彼此，心思也全不在這些瑣碎事情上。我家的丫頭本就沒幾個，脾氣卻一個比一個大，一個比一個古怪，我是『姐姐、姐姐』的跟在後面叫，還時常沒有人理我。」

「妳哥哥呢？」

雲歌一拍額頭，滿面痛苦：「你都聽了我那麼多故事，還問這種傻話？三哥根本很少在家，三哥歷來是，我說十句，他若能回答我一句，我就感激涕零了。所以晚上睡不著覺時，我就會常常……」雲歌低下頭去挑點心，「常常想起你。」雲歌挑了點心卻不吃，只用手在上面碾著，把點心碾成了小碎塊，「當時就想，我們可以躲在一張大大的榻上，邊吃東西，邊說話。」

小時候的雲歌，其實也是個孤單的孩子。因為父母的性格，她很少在一個地方長待，基本沒有機會認識同齡的朋友。她的父母和別人家的父母極不一樣，她的哥哥也和別人家的哥哥極不一樣。別人家的父母養著孩子，過著柴米油鹽的日子，可她的父母有一個極高遠遼闊的世界，父母會帶她一窺他們的世界。可那個世界中，她是外人和過客，那個世界只屬於他們自己。哥哥也有哥哥的世界，他們的世界，她甚至連門在哪裡都不知道。父母、哥哥能分給她的精力和時間都很有限，她更多的時間都只是一個人。

劉弗陵一直以為有父母哥哥的雲歌應該整日都有人陪伴，他第一次意識到雲歌歡樂下的孤單，心中有憐惜。

他的手指輕輕繞在雲歌垂下的一縷頭髮上，微笑著說：「我也這麼想過。我有時躺在榻上，會想蓋一個琉璃頂的屋子。」

「躺在榻上，就可以看見星空。如果沒有星星，可以看見彎彎的月牙，如果是雨天，可以看雨點落在琉璃上，說不定，會恍恍惚惚覺得雨點就落在了臉上。」雲歌微笑，「不過，我是想用水晶，還問過三哥，有沒有那麼大的水晶，三哥讓我趕緊去睡覺，去夢裡慢慢找。」

劉弗陵也微笑：「水晶恐怕找不到那麼大的，不過琉璃可以小塊燒好後，拼到一起，大概能有我們現在躺的這張榻這麼大，有一年，我特意宣京城最好的琉璃師來悄悄問過。」
雲歌忙說：「屋子我來設計，我會畫圖。」
劉弗陵說：「我也會畫……」
雲歌皺眉噘嘴，劉弗陵笑，「不過誰叫我比妳大呢？總是要讓著妳些。」
兩人相視而笑，如孩子般，懷揣著小祕密的異樣喜悅。
在這一刻。
他脫下了沉重滄桑，她也不需要進退為難。
他和她只是兩個仍有童心，仍肯用簡單的眼睛看世界，為簡單的美麗而笑、而感動的人，同時天真地相信著美好的少年和少女。
勞累多日，現在又身心愉悅，說著話的工夫，劉弗陵漸漸迷糊了過去。
雲歌嘰咕了一會，才發覺劉弗陵已經睡著。
她輕輕起身，幫他把被子蓋好，看到他唇畔輕抿的一絲笑意，她也微微而笑。可瞥到他衣袖上的龍紋時，想著只有鳳才能與龍共翔，笑意驀地淡了，心中竟然有酸澀的疼痛。
人躺在枕上，她想著劉弗陵，想著上官小妹，翻來覆去地睡不著。
他們一個皇上，一個皇后，其實十分般配。兩人都很孤單，兩人都少年早熟，兩人都戴著一個給外人看的殼子。
如果在這個爾虞我詐、雲譎波詭的宮廷中，他們這對龍鳳能夫妻同心，彼此扶持，也許陵哥哥就不會覺得孤單了。

昨日晚上，劉弗陵也不知道自己何時睡著的，只記得迷迷糊糊時，雲歌仍在絮絮叨叨說著什麼。

枕頭和墊子七零八落地散落在榻周。

他橫睡在榻上，因為榻短身長，只能蜷著身子。

以雲歌的睡覺姿勢，昨天晚上的點心只怕「屍骨凌亂」了，他隨手一摸，果然！所有點心已經分不清楚原來的形狀，這大概就是雲歌的娘不許她在榻上吃東西的主要原因。

幸虧他和她各蓋各的被子，他才沒有慘遭茶毒。

自八歲起，他就淺眠，任何細微的聲音都會讓他驚醒，而且容易失眠，所以他休息時一定要四周絕對的安靜和整潔，也不許任何人在室內。

可昨天晚上，在這樣的「惡劣」環境中，伴著雲歌的說話聲音，他竟然安然入睡，並且睡得很沉，連雲歌什麼時候起床的，他也絲毫不知道。

于安端了洗漱用具進來，服侍劉弗陵洗漱。

抹茶正服侍雲歌吃早飯，雲歌一邊吃東西，一邊和劉弗陵說：「今日是小年，我找人陪我去滄河上玩。你待會兒來找我。」

劉弗陵點頭答應了，雲歌卻好像還怕他失約，又叮囑了兩遍，才急匆匆地出了屋子。

劉弗陵看了抹茶一眼，抹茶立即擱下手中的碗碟，去追雲歌。

第二十五章 德音不忘

小妹的腳步匆匆，近乎跑，她不想聽到最後的那句「彼美孟姜，德音不忘」。
只要沒有聽到，也許她還可以抱著一些渺茫的希望。
德音不忘？
不忘……真的這一世就不能忘了嗎？

上官小妹梳洗完，用了些早點，一個人靜靜在窗前擺弄著一瓶梅花，插了一遍，左右看看，似不滿意，又取出來，再插一遍。

一旁服侍她已久的宮女都是見怪不怪，不發一言，要麼垂目盯著地面，要麼雙眼直直盯著前面。

上官小妹身材嬌小，偏偏椒房殿內的擺設為了彰示皇后的鳳儀威嚴，件件都十分堂皇的大。新來的侍女橙兒看了半晌，只見皇后來來回回擺弄著一瓶花。從她眼中看過去，皇后就是一個小人兒，穿得刻意老成穩重，縮在坐榻一角，十分堪憐。

橙兒笑道：「娘娘想要什麼樣子，告訴奴婢，奴婢幫娘娘插。這些瑣碎事情讓奴婢幹，不值得耗費娘娘的時間。」

一室安靜中，忽聞人語聲，人人都有點不習慣，全都扭了頭，看向橙兒。

橙兒不知道哪裡做錯了，惶恐地跪下。

上官小妹聽到橙兒的話，手微微頓了頓，輕輕放下了花。

從她六歲起，時間就是用來耗費的，她的時間不用來耗費，還能做什麼？

椒房殿外的世界，她不能輕易踏入，在所有宦官宮女眼中，她並非後宮之主──皇后，而是代表著鉗制皇上的勢力。而椒房殿內，小妹微笑著掃過四周的宮女，她們中應該有一半都是祖父的眼睛，剩下的也許有皇上的，也許有朝廷內其他臣子的，不知道這個橙兒是誰的？

小妹看向跪在地上的橙兒，笑道：「妳學過插花？本宮正發愁呢！過來幫本宮一塊插吧！」

橙兒看小妹笑容甜美，方放下了懸著的心，磕了個頭，跪到小妹身側，幫小妹擇花。

上官小妹邊和橙兒商量著如何插花，邊隨意聊著天，「妳進宮多久了？」

「快三年了，從進宮起就在昭陽殿。」

上官小妹心內思索，皇上因為沒有冊封過妃嬪，東西六宮都空著，昭陽殿內並無女主人。橙兒在一個空殿裡一做三年，想來家中應該無權無勢，只是為何突然來了椒房殿？

小妹詫異地說：「昭陽殿內現在好似沒有住人，一個空屋子還需要人打理嗎？那妳不是每天都很清閒？」

橙兒笑起來，真是個娘娘，貴人不知低下事。這皇宮裡，就是沒有人的殿，照樣要有人打掃、維護，要不然哪天皇上或者娘娘動了興致想去看看，難道讓皇上和娘娘看一個滿是灰塵的殿堂？

「回娘娘，雖然沒有人住，還是要精心照顧，奴婢每天要做的活也很多。要打掃殿堂，擦拭傢俱，還要照管殿堂內外的花草。以前在昭陽殿住過的娘娘留下了不少名人詩畫、筆墨用具、琴笛樂器，這些東西都禁不得怠慢，需常常查看，小心維護。」

小妹聽到橙兒的話，忽想起了句話：人已去，物仍在。不知這昭陽殿內又鎖過哪個女子的一生？心中有感，不禁側頭問一個年紀較大的女官，「昭陽殿內住過先皇的哪位娘娘？」

女官凝神想了會兒，搖頭：「回娘娘，奴婢不知道，自奴婢進宮，昭陽殿就好像空著，如果娘娘想知道，也許找個已經不當值的老婆子能打聽到，或者可以命人去查一下四十年前的起居注。」

小妹搖搖頭，雖然對昭陽殿空了四十多年很好奇，可也不願為了前塵舊事如此興師動眾。

橙兒小聲說：「奴婢知道。」

小妹笑搡了把橙兒，孩子氣地嚷：「知道就快說，惹得本宮都好奇死了。」

昭陽殿是後宮中除了椒房殿外最好的宮殿，富麗堂皇雖不及椒房殿，可雅趣幽致更勝一籌。如此重要的宮殿，竟然在先皇時期就空著，對後宮佳麗三千的先皇而言，實在非常奇怪，所以周圍的宮女也都生了興趣，豎著耳朵聽。

橙兒說：「李夫人曾住過。」

眾人聞言，立即露了疑惑盡釋的表情，繼而又都想，自己真笨，能讓昭陽殿空置那麼久，除了傳聞中傾城傾國的李夫人，還能有誰？

一旁的老宮女也生了感觸，輕輕嘆了口氣，「可憐紅顏薄命。」

上官小妹凝視著手中的梅花，甜甜笑開。

可憐嗎？她一點都不覺得李夫人可憐。如果一個女人生前盡得愛寵，死後還能讓帝王為她空置著整座昭陽殿，那她這一生已經真正活過。只要活過，那就不可憐，可憐的是從沒有活過的人。

上官小妹笑問橙兒：「這都幾十年前的事情了，妳怎麼知道？妳還知道什麼有意思的事情，都講給本宮聽。」

橙兒不好意思地笑：「奴婢要日日打掃昭陽殿，還需要時常把字畫拿出去曬一曬，日子久了，會偶爾看見先皇和李夫人留下的隻言片語，因為還認得幾個字，所以推測是李夫人。」

宮裡極少有識字的女子，小妹十分意外，「妳還識字？」

橙兒點點頭，「父親是個教書先生，學堂就設在家中，奴婢邊做家事邊聽，不知不覺中就粗略認得一些了。」

「那妳為什麼又不在昭陽殿做事了呢？」小妹說著話，把一株梅花插到了瓶子中，仔細端詳著。

「前段時間雲姑娘去昭陽殿玩，看到昭陽殿的花草和布置，就問是誰在照顧花草、布置器玩，奴婢嚇得要死，因為一時膽大，奴婢擅自移動了一些器具。不想雲姑娘是極懂花草的人，很中意奴婢養的花草，她和奴婢說了一下午的話，後來就問奴婢願不願意來椒房殿，照顧一株奇葩。奴婢想了一晚上，第二日告訴雲姑娘願意，于總管就把奴婢打發來了。」

上官小妹手下失力，不小心碾到花枝，枝頭的花瓣紛紛而落。橙兒忙從她手中接過花枝，「奴婢來吧！」

殿外唧唧喳喳一陣喧譁，一個宮女趕著進來通傳，還沒來得及說話，雲歌已經邁著大步進來，「小妹，今天是小年，我們應該慶祝一番。和我一塊去玩，我這幾日做了個很好玩的東西，妳肯定喜歡。」

殿內的宮女已經震驚到不知道該如何反應，雲歌身後的抹茶一臉無奈，靜靜地給上官小妹跪下行禮。

上官小妹理了理衣裙，嬌笑著站起，「好！雲姐姐做了什麼好玩的東西？要是不好玩，就罰雲姐姐給我做菜吃。」

雲歌隨手指了幾個宮女，「麻煩幾位嬤嬤、姐姐給小妹找些厚衣服來，越厚越好，但不要影響行動。橙兒，妳也來，記得穿厚一些。」

稱呼亂、禮儀亂，偏偏這個女子亂得天經地義，幾個宮女已經不能確定自己是否還在皇后的宮殿中了，暈呼呼地進去尋衣服。

橙兒想為皇后帶個手爐，雲歌不許她帶，笑嚷：「帶了那東西，小妹還怎麼玩？況且冬天就是要凍呀！不凍一凍，哪裡是過冬天？」

雲歌挽著小妹出了椒房殿，有兩個年長的宮女急匆匆地也想跟來，小妹對這些永遠盯著她的眼睛，心中雖十分厭惡，可面上依舊甜甜笑著。

雲歌卻是不依，一跺腳，一皺眉，滿臉不高興，「有橙兒就夠了，妳們還怕我把小妹賣了不成？再說了……」雲歌嘻嘻笑看著兩位宮女，「這是我們小孩的玩意，有兩位嬤嬤在旁邊，我們都不敢玩了。大過年的，就讓我們由著性子鬧一鬧吧！」

雲歌一會兒硬，一會兒軟，脾氣一時大，一時無，雖只是個宮女，氣態華貴處卻更勝小妹這個皇后，搞得兩個宮女無所適從，還在愣神，雲歌已經帶著小妹揚長而去。

漢初蕭何建長樂宮和未央宮時，「每面辟三門，城下有池周繞」。之後武帝建建章宮，為教習羽林營，也多建湖池，所以漢朝的三座宮殿都多湖、多池。

未央宮前殿側前方的人工河被稱作滄河，寬十餘丈，當年蕭何發萬民所開，與渭河相通，最後匯入黃河，氣勢極其宏大。夏可賞滄浪水花，冬天待河面結冰時，又可賞天地蕭索。

可今日的河面，卻無一點蕭索感。

河面上，一座六七層樓高，冰做的，像飛龍一樣的東西，蜿蜒佇立在陽光下。最高處好似龍頭，從高漸低，有的地段陡直，有的地段和緩，交錯不一，迴繞盤旋著接到滄河冰面。

飛龍在光暈下反射起點點銀芒，晶瑩剔透，華美異常。

雲歌很得意地問：「怎麼樣？是我畫的圖，讓于安找人鑿冰澆鑄的。」

上官小妹呆看著河面上的「長龍」，美是很美，可修這個做什麼？難道只為了看看？

一旁的宦官早拿了雲梯過來，搭到「龍頭」上。

雲歌讓小妹先上，自己在她身後護著。

小妹顫巍巍地登到了「龍頭」上。冰面本就滑溜，現在又身在極高處，小妹害怕地緊緊抓著雲歌的手。

陽光下。

光溜溜的冰面，反射著白茫茫的光，刺得小妹有些頭暈。

小妹突然恍惚地想，這條龍是雲歌建造的，也是她自己要上來的，她若失足摔了下去，肯定不能是我的錯，便一隻手下意識地緊握住了身側的冰欄杆，握著雲歌的那隻手卻開始慢慢鬆勁，改抓為推。

此時雲歌身在小妹側後方，一隻腳剛踩到龍頭上，一隻腳還在梯子上。

一個身影忽地映入小妹眼簾。

那人披著黑貂皮斗篷，正從遠處徐徐而來，白晃晃的冰面上，那一抹黑格外刺眼。

他好像看到雲歌登上了高臺，驀地加快了行走速度，嚇得他身後的于安，趕上前護著，唯恐冰面太滑，他會摔著。

小妹的手顫抖著，只要這個女人消失，我和皇上就仍會像以前一樣。沒有別的女人，皇上遲早會留意到我的……

只要她消失……

小妹暗中用力將雲歌向外推去……

「雲歌，小心點！」劉弗陵仰頭叫。

小妹心神一顫，立時方寸大亂。

猛然一縮手。

「呀！」

雲歌手上突然失去小妹的攙力，身子搖搖晃晃地往後倒去。

生死一線間，小妹卻又突然握住雲歌的手腕，把她用力拽了回去。

雲歌忙借力跳到了龍頭上。

下面的人看來，不過是雲歌身子晃了晃，誰都沒有看出來這中間的生死轉念，只有當事人能體會出這一來一去。

雲歌定定看著小妹。

小妹如同驟遇強敵的貓一般，背脊緊繃，全身蓄力，雙眼圓睜，戒備地盯著雲歌，好似準備隨時撲出，其實身體內是一顆毫無著落的心。

不料雲歌看了她一瞬，忽地拍了拍心口，長呼出一口氣，笑著說：「好險！好險！小妹，多謝妳。」

小妹身上的力量剎那間全部消失，用力甩脫雲歌的手，身子輕輕地抖著。

雲歌忙扶著她坐下，「別怕，兩邊都有欄杆，只要小心些，不會摔著的。」

劉弗陵仰頭靜看著她們。

雲歌笑向他招招手，驀然彎身把小妹推了出去。

小妹「啊」地驚叫著，沿著砌好的龍身飛快地滑下。她的驚叫聲，伴著雲歌的大笑聲在滄河上蕩開。

龍身砌成凹狀，感覺驚險，實際十分安全，人只能沿著凹道滑下，並不會真的摔著。

小妹害怕恐懼中，卻分辨不出那麼多，只是閉著眼睛驚叫。

耳畔風聲呼呼，在黑暗中，她的身子下墜、再下墜。就如她的這一生，沒有親人，沒有一個真正關心她的人，她只能一個人在黑暗中墜落下去，而且這個墜落的過程不能出聲。不但不能出聲，還要不動聲色，即使知道墜落後的結局悲涼無限，依舊要甜美地笑著，沉默地笑著。

可是至少，這一次的墜落，她可以叫，她可以把她的恐懼、害怕、迷茫、無助都叫出來，把她的悲傷、她的憤怒、她的仇恨都叫出來。

小妹拚了命地尖叫，覺得她這一生從沒有叫過這麼大聲，好似把她在椒房殿內多年的壓抑都發洩了出來。

小妹已經滑到龍尾盡頭，坐到了冰面上，可她依舊閉著眼睛，雙手緊緊握成拳，仰頭對著天，滿面淚水地尖叫。

橙兒和抹茶呆呆看著她，看著這個像孩子、卻又不像上官小妹那個孩子的人，一時都不知道該怎麼辦。

雲歌高聲笑著從飛龍上滑下，滑過之處，飄蕩著一連串的笑聲。在笑聲中，她也滑到了龍尾，衝到了依舊坐在龍尾前尖叫著的小妹身上，大笑著抱住了小妹，兩人跌成一團。

只看冰面上，兩個人都穿著皮襖，如兩隻毛茸茸的小熊一般滾成一團。

小妹睜開眼睛，迷惘地看著雲歌。我沒有死嗎？

雲歌笑得樂不可支，伸手去刮小妹的鼻子，「羞，羞，真羞！竟然嚇得哭成這樣！哈哈哈……」

雲歌躺在冰面上笑得直揉肚子。

上官小妹怔怔看著雲歌，心裡腦裡都是空茫茫一片，有不知道怎麼辦的迷惘，可還有一種從未有過的輕鬆，好似在叫聲中把一切都暫時丟掉了，丟了她的身分，丟了她的家勢，丟了父親、祖父、外祖父的教導，她現在只是一個被雲歌欺負和戲弄了的小姑娘。

小妹的淚水管都管不住地直往下落。

雲歌不敢再笑，忙用自己的袖子給小妹擦眼淚，「別哭，別哭。姐姐錯了，姐姐不該戲弄妳，姐姐自己罰自己，晚上給妳做菜，妳想吃什麼都行。」一面說著話，她一面向劉弗陵招手，要他過去，「皇上，你來安慰一下小妹，這丫頭的眼淚快要把龍王廟沖跑了。」

劉弗陵沒有理會雲歌，只站在遠處，靜靜地看著她們。

于安想上前去化解，劉弗陵輕抬了下手，于安又站回了原地。

上官小妹嗚嗚地哭著，把眼淚鼻涕都擦到了雲歌的袖子上。

雲歌賠著小心一直安慰，好一會兒後，小妹才止了眼淚，低著頭好似十分不好意思。

雲歌無奈地瞪了劉弗陵一眼，叫橙兒過來幫小妹整理儀容。

機靈的富裕早吩咐了小宦官去拿皮襖，這時剛好送到，忙捧過來交給抹茶，換下了雲歌身上已經弄髒的襖子。

雲歌走到劉弗陵身側，笑問：「你要不要玩？很好玩的。」

劉弗陵盯了她一眼，看著冰面上的飛龍沒有說話，雲歌湊到他身旁，小聲說：「我知道你其實也很想知道是什麼滋味，可是堂堂一國天子怎麼能玩這些小孩子的玩意兒？在這麼多宦官宮女面前，怎麼能失了威儀呢？咱們晚上叫了小妹，偷偷來玩。」

劉弗陵沒有搭理雲歌，只問：「這是妳小時候玩過的？」

雲歌點頭：「聽爹爹說，東北邊的冬天極其冷，冷得能把人的耳朵凍掉，那邊的孩子冬天時，喜歡坐在簸箕裡面從冰坡上滑下。我聽到後，嚷嚷著也要玩，有一年我過生日時，爹爹就給我做了這個。我當時就想著，可惜你……」

劉弗陵微笑：「現在能玩到也是一樣的。」

雲歌滿臉欣喜，「你答應晚上來陪我和小妹玩了？」

劉弗陵未置可否，雲歌只當他答應了。

上官小妹低著頭，不好意思地過來給劉弗陵行禮，「臣妾失儀在先，失禮在後，請皇上恕罪。」

劉弗陵讓她起來，淡淡說：「性情流露又非過錯，何罪可恕？」又對雲歌叮囑了一聲：「別在冰面上玩太久，小心受涼咳嗽。」說完，就帶著于安走了，雲歌叫都叫不住，氣得她直跺腳。

劉弗陵來後，周圍的宦官和宮女如遇秋風，一個個都成了光桿子樹，站得筆直，身上沒一處不規矩，劉弗陵一走，一個個又如枯木逢春，全活了過來，躍躍欲試地看著「冰飛龍」，想上去玩一把。

雲歌笑說：「都可以玩。」

抹茶立即一馬當先，衝到梯子前，「我先來。」

橙兒有些害怕，卻又禁不住好奇，猶豫不決，最後還是在抹茶的鼓動下，玩了一次。

上官小妹站在雲歌身側，看著眾人大呼小叫地嬉鬧。每個人在急速滑下的剎那，或驚叫，或大笑，都似忘記了他們的身分，忘記了這裡是皇宮，都只能任由身體的本能感覺展現。

很久後，小妹對雲歌說：「我還想再玩一次。」

雲歌側頭對她笑，點點頭。

眾人看皇后過來，都立即讓開。

小妹慢慢地登上了最高處的方臺，靜靜地坐了會兒，猛然鬆脫拽著欄杆的手，任自己墜下。

這一次，她睜著雙眼。

平靜地看著身體不受自己控制的墜落，時而快速、時而突然轉彎、時而慢速。

平靜地看著越來越近的地面。

然後她平靜地看向雲歌。

沒有叫聲，也沒有笑聲，只有沉默而甜美的笑容。

雲歌怔怔看著小妹。

凝視著殿外正在掛燈籠的宦官，小妹才真正意識到又是一年了。

她命侍女捧來妝盒。

妝盒是漆鴛鴦盒，兩隻鴛鴦交頸而棲，頸部可以轉動，背上有兩個蓋子，一個繪著撞鐘擊磬，一個繪著擊鼓跳舞，都是描繪皇室婚慶的圖。

小妹從盒中挑了一朵大紅的絹花插到了頭上，在鏡子前打了個旋兒，笑嘻嘻地說：「晚上吃得有些過了，本宮想出去走走。」

一旁的老宮女忙說：「奴婢陪娘娘出去吧！」

小妹隨意點點頭，兩個老宮女伺候著小妹出了椒房殿。

小妹一邊走一邊玩，十分隨意，兩個宮女看她心情十分好，陪著笑臉小心地問：「今日白天，娘娘都和宣室殿的那個宮女做了什麼？」

小妹嬌笑著說：「我們去玩了一個很有意思的東西，人可以從很高處掉下來，卻不會摔著，很刺激。」又和她們嘰嘰咕咕地描繪著白日裡玩過的東西具體是什麼樣子。

說著話的工夫，小妹已經領著兩個宮女，好似無意地走到了滄河邊上。

月色皎潔，清輝灑滿滄河。

一條蜿蜒環繞的飛龍盤踞在滄河上。月光下，晶瑩剔透，如夢似幻，讓人幾疑置身月宮。

銀月如船，斜掛在黛天。

兩個人坐在龍頭上。

從小妹的角度看去，他們好似坐在月亮中。

那彎月牙如船，載著兩個人，游弋於天上人間，身畔有玉龍相護。

小妹身後跟隨的宮女被眼前的奇瑰景象所震，都呆立在了地上，大氣也不敢喘。

龍頭上鋪著虎皮，雲歌側靠著欄杆而坐，雙腳懸空，一踢一晃，半仰頭望著天空。

劉弗陵坐於她側後方，手裡拎著一壺燒酒，自己飲一口，交給雲歌，雲歌飲一口，又遞回給他。

兩人的默契和自在愜意非言語能描繪。

雲歌本來想叫小妹一塊來，可劉弗陵理都沒有理，就拽著她來了滄河。雲歌的如意算盤全落了空，本來十分悻悻，可對著良辰美景，心裡的幾分不開心不知不覺中全都散去。

雲歌輕聲說：「我們好像神仙。」她指著遠處宮殿中隱隱約約的燈光，「那裡是紅塵人間，那裡的事情和我們都沒有關係。」

劉弗陵順著雲歌手指的方向看著那些燈光，「今夜，那裡的事情是和我們沒有關係。」

雲歌笑，「陵哥哥，我看到你帶簫了，給我吹首曲子吧！可惜我無音與你合奏，但你的簫吹得十分好，說不準我們能引來真的龍呢。」

傳說春秋時，秦穆公的女兒弄玉公主，愛上了一個叫蕭史的男子。兩人婚後十分恩愛。蕭史善吹簫，夫婦二人合奏，竟引來龍鳳，成仙而去。

雲歌無意間，將他們比成了蕭史、弄玉夫婦。劉弗陵眼中有笑意，取了簫出來，湊於唇畔，為他的「弄玉」而奏。

有女同車，顏如舜華。
將翱將翔，佩玉瓊琚。
彼美孟姜，洵美且都。
有女同行，顏如舜英。
將翱將翔，佩玉將將。
彼美孟姜，德音不忘。

曲子出自《詩經．國風》中的鄭風篇，是一位貴公子在誇讚意中人的品德容貌。在他眼中，意中人的一切都是最好的，不管再遇見多美麗的女子，他都永不會忘記意中人的品德和音貌。

劉弗陵竟是當著她的面在細述情思。

雲歌聽到曲子，又是羞又是惱。雖惱，可又不知該如何惱，畢竟人家吹人家的曲子，一字未說，她的心思都是自生。

雲歌不敢看劉弗陵，扭轉了身子。卻不知自己此時側首垂目，霞生雙暈，月下看來，如竹葉含露，蓮花半吐，清麗中竟是無限嫵媚。

上官小妹聽到曲子，唇邊的笑容再無法維持。幸虧身後的宮女不敢與她並肩而站，都只是立在她身後，所以她可以面對著夜色，讓那個本就虛假的笑容消失。

一曲未畢，小妹忽地扭身就走，「是皇上在那邊，不要驚了聖上雅興，回去吧！」

兩個宮女匆匆扭頭看了眼高臺上隱約的身影，雖聽不懂曲子，可能讓皇上深夜陪其同遊，為其奏簫，已是非同一般了。

小妹的腳步匆匆，近乎跑，她不想聽到最後的那句「彼美孟姜，德音不忘」。只要沒有聽到，也許她還可以抱著一些渺茫的希望。

德音不忘？

不忘……

真的這一世就不能忘了嗎？

劉弗陵吹完曲子，靜靜看著雲歌，雲歌抬起頭默默望著月亮。

「雲歌，不要再亂湊鴛鴦，給我、也給小妹徒增困擾。我……」劉弗陵將簫湊到唇畔，單吹了一句「彼美孟姜，德音不忘」。

雲歌身子輕輕一顫。

她刻意製造機會讓劉弗陵和小妹相處，想讓小妹走出自己的殼，把真實的內心展現給劉弗陵。他們本就是夫妻，如果彼此有情，和諧相處，那麼一年後，她走時，也許會毫不牽掛。卻不料他早已窺破她的心思，早上是轉身就走，晚上壓根就不讓她叫小妹。

德音不忘？

雲歌有害怕，卻還有絲絲她分不清楚的感覺，酥麻麻地流淌過胸間。

霍光府邸。

雖是小年夜，霍光府也布置得十分喜慶，可霍府的主人並沒有沉浸在過年的氣氛中。

霍光坐於主位，霍禹、霍山坐於左下首，霍雲和兩個身著禁軍軍袍的人坐於右下首。他們看似和霍禹、霍山、霍雲平起平坐，但兩人的姿態沒有霍山、霍雲的隨意，顯得拘謹小心許多。這兩人是霍光的女婿鄧廣漢和范明友，鄧廣漢乃長樂宮衛尉，范明友乃未央宮衛尉，兩人掌握著整個皇宮的禁軍。

范明友向霍光稟道：「爹，宣室殿內的宦官和宮女都由于安一手掌握，我幾次想安插人進去，都要麼被于安找了藉口打發到別處，要麼被他尋了錯處直接攆出宮。只要于安在一日，我們的人就很難進宣室殿。」

霍雲蹙著眉說：「偏偏此人十分難動。于安是先帝臨終親命的宮廷總管，又得皇上寵信。這麼多年，金錢、權勢的誘惑，于安絲毫不為所動。我還想著，歷來皇帝疑心病重，想借皇帝的手除了他，或者至少讓皇上疏遠他，可是離間計、挑撥策，我們三十六計都快用了一輪，皇上對于安的信任卻半點不少，這兩人之間竟真是無縫的雞蛋——沒得盯。」

霍光沉默不語，霍山皺眉點頭。

性格傲慢，很少把人放在眼內的霍禹雖滿臉不快，卻罕見地沒有吭聲。上次的刺客，屍骨都不存。他損失了不少好手，卻連于安的武功究竟是高是低都不知道。本來，對于安一個閹人，他面上雖客氣，心裡卻十分瞧不起，但經過上次的較量，他對于安真正生了忌憚。

鄧廣漢道：「宣室殿就那麼大，即使沒有近前侍奉的人，有什麼動靜，我們也能知道。」

目前也只能如此，霍光點了點頭，看向范明友，「近日有什麼特別事情？」

范明友謹慎地說：「昨天晚上皇上好像歇在了那位新來的宮女處。」

霍禹憋著氣問：「什麼是『好像』？有就是有，沒有就是沒有！皇上究竟有沒有……睡……了她？」

霍光看了眼霍禹，霍禹方把本要出口的一個字硬生生地換成了「睡」字。

范明友忙說：「根據侍衛觀察，皇上是歇息在那個宮女那裡了。」

霍光淡淡地笑著，「這是好事情，皇上膝下猶空，多有女子沾得雨露是我大漢幸事。」

屋內的眾人不敢再說話，都沉默地坐著。

霍光笑看過他們，「還有事情嗎？沒有事情，就都回去吧！」

范明友小心地說：「我離宮前，椒房殿的宮女轉告我說，皇后娘娘身邊新近去了個叫橙兒的宮女。」

霍雲說：「這事我們已經知道，是皇上的人。」

范明友道：「的確是于安總管安排人的，可聽說是宣室殿那個姓雲的宮女的主意，打著讓橙兒去椒房殿照顧什麼花草的名義。」

霍禹氣極反倒笑起來：「這姓雲的丫頭生得什麼模樣？竟把我們不近女色的皇上迷成了這樣？這不是妃不是嬪已經這樣，若讓她當了妃嬪，是不是朝事也該聽她的了？」

范明友低下頭說：「她們還說皇上今日晚上也和那個宮女在一起，又是吹簫又是喝酒，十分親暱。」

霍光揮了揮手：「行了，我知道了，你們都出去吧！」

看著兒子、侄子、女婿都恭敬地退出了屋子，霍光放鬆了身體，起身在屋內慢慢踱步。

他昨日早晨剛去見了雲歌，皇上晚上就歇在雲歌那裡，皇上這是成心給他顏色看嗎？警告他休想干涉皇上的行動？

看來皇上是鐵了心意，非要大皇子和霍家半點關係都沒有。

長幼有序，聖賢教導。自先秦以來，皇位就是嫡長子繼承制，若想越制奪嫡，不是不可能，卻會麻煩很多。

霍光的腳步停在牆上所掛的一柄彎刀前。

不是漢人鍛造風格，而是西域遊牧民族的馬上用刀。

霍光書房內的一切布置都十分傳統，把這柄彎刀突顯得十分異樣。

霍光凝視了會兒彎刀，「鏗鏘」一聲，忽地拔出了刀。

一泓秋水，寒氣冷冽。

刀身映照中，是一個兩鬢已斑白的男子，幾分陌生。

依稀間，恍似昨日，這柄刀架在他的脖子上，那人怒瞪著他說：「我要殺了你。」他朗笑著垂目，看見冷冽刀鋒上映出的是一個劍眉星目、朗朗而笑的少年。

霍光對著刀鋒映照中的男子淡淡笑開。他現在已經忘記如何朗笑了。

大哥去世那年，他不到十六歲。驟然之間，他的世界坍塌。

大哥走時，如驕陽一般耀眼。他一直以為，他會等到大哥重回長安，他會站在長安城下，驕傲地看著大哥的馬上英姿，他會如所有人一樣，高聲呼喊著「驃騎將軍」。他也許還會拽住身邊的人，告訴他們，馬上的人是他的大哥。

誰會想到太陽的隕落呢？

大哥和衛伉同時離開長安，領兵去邊疆，可只有衛伉回到了長安。

他去城門迎接到的只是大哥已經腐爛的屍體，還有嫂子舉刀自盡、屍首不存的噩耗。

終於再無任何人可以與衛氏的光芒爭輝。而他成了長安城內的孤兒。

大哥的少年得志，大哥的倨傲冷漠，讓大哥在朝堂內樹敵甚多，在大哥太陽般刺眼的光芒下，沒有任何人敢輕舉妄動，可隨著大哥的離去，所有人都蠢蠢欲動，他成了眾人仇恨的對象。

他享受了大哥的姓氏——霍，所帶給他的榮耀，同時意味著，他要面對一切的刀光劍影。

從舉步維艱、小心求生的少年，到今日一人之下，萬人之上，甚至就是那一個「之上」的人也不敢奈他何，他放棄了多少，失去了什麼，連他自己都不想再知道。

雲歌？

蠟燭的光焰中，浮現出雲歌的盈盈笑臉。

霍光驀然揮刀，「呼」，蠟燭應聲而滅。

屋內驟暗。

窗外的月光灑入室內，令人驚覺今夜的月色竟是十分好。

天邊的那枚彎月正如他手中的彎刀。

「喀噠」一聲，彎刀已經入鞘。

如果皇子不是流著霍氏的血，那麼皇上也休想要皇子！

如果霍家的女子不能得寵後宮，那麼其他女子連活路都休想有！

第二十六章 山雨欲來

因為距離遠，又隔著重重人影，雲歌其實看不分明劉弗陵的神情，但她知道他知道她在看他，甚至知道他此時眼內會有淡然溫暖的笑意。

那種感覺說不清楚，但就是心上的一點知道。

未央宮前殿為了除夕夜的慶典，裝飾一新。

因為大漢開國之初，蕭何曾向劉邦進言「天子四海為家，非令壯觀無以重威」、「不睹皇居壯，安知天子尊？」所以不管是高祖時的民貧國弱，還是文景時的節儉到吝嗇，皇室慶典卻是絲毫不省。此次慶典也是如此，劉弗陵平常起居都很簡單，可每年一次的大宴卻是依照舊制，只是未用武帝時的裝飾風格，而是用了文景二帝時的布置格局。

中庭丹朱，殿上髹漆。青銅為沓，白玉為階。

柱子則用黃金塗，其上是九金龍騰雲布雨圖，簷壁上是金粉繪製的五穀圖，暗祈來年風調雨順，五穀豐登。

劉弗陵今日也要穿最華貴的龍袍。

于安和三個宦官忙碌了半個時辰，才為劉弗陵把龍袍、龍冕全部戴齊整。

龍袍的肩部織日、月、龍紋，背部織星辰、山紋，袖部織火、華蟲、宗彝紋。

龍冕上墜著一色的東海龍珠，各十二旒，前後各用兩百八十八顆，每一顆都一模一樣。

雲歌暗想，不知道要從多少萬顆珍珠中才能找到如此多一般大小的龍珠。

劉弗陵的眼睛半隱在龍珠後，看不清神情，只他偶爾一動間，龍冕珠簾微晃，才能瞥得幾分龍顏，可寶光映眼，越發讓人覺得模糊不清。

當他靜站著時，威嚴尊貴如神祇，只覺得他無限高，而看他的人無限低。

雲歌撐著下巴，呆呆看著劉弗陵。

這一刻，她才真正體會到了蕭何的用意。

劉弗陵此時的威嚴和尊貴，非親眼目睹，不能想像。

當他踏著玉階，站到未央宮前殿最高處時。

當百官齊齊跪下時。

當整個長安、整個大漢、甚至整個天下都在他的腳下時。

君臨天下！

雲歌真正懂了幾分這個詞語所代表的權力和氣勢。

以及……

那種遙遠。

于安稟道：「皇上，一切準備妥當。龍輿已經備好。」

劉弗陵輕抬了抬手，讓他退下，走到雲歌面前，把雲歌拉了起來，「妳在想什麼？」

雲歌微笑，伸手撥了下劉弗陵龍冕上垂著的珠簾，「我以前看你們漢朝皇帝的畫像，常想，為什麼要垂一排珠簾呢？不影響視線嗎？現在明白了。隔著這個，皇帝的心思就更難測了。」

劉弗陵沉默了瞬，說，「雲歌，我想聽妳叫一聲我的名字，就如我喚妳這般。」

雲歌半仰頭，怔怔看著他。

因兩人距離十分近，寶光生輝，沒有模糊不清，反倒映得劉弗陵的每一個細小表情都纖毫畢現。漆黑眸子內盛載的東西是她熟悉的和她懂得的，他……

並不遙遠。

屋外，于安細聲說：「皇上，吉時快到。百官都已經齊聚前殿。司天監要在吉時祭神。」

劉弗陵未與理會，只又輕輕叫了聲：「雲歌？」

雲歌抿了抿唇，幾分遲疑地叫道：「劉……劉弗陵。」這個沒有人敢叫的名字從口裡喚出，她先前的緊張、不適忽地全部消失。

她笑起來，「我不習慣這樣叫你，陵哥哥。」

劉弗陵握著雲歌的胳膊向外行去，「這次負責慶典宴席的人是禮部新來的一位才子，聽聞有不少新鮮花樣，廚子也是天下徵召的名廚，妳肯定不會覺得無趣。」

雲歌聽了，果然立即生了興趣，滿臉驚喜，「你怎麼不早跟我說？」

「早和妳說了，妳只怕日日往御膳房跑，我就要天天收到奏章發愁了。」

雲歌不解，「什麼？」

「宴席上不僅僅是我朝百官，還有四夷各國前來拜賀的使臣，一點差錯都不能有。大宴前的忙碌非同尋常，妳去纏著廚子說話，禮部還不要天天給我上道摺子斥責妳？」

已經行到龍輿前，劉弗陵再不能和雲歌同行。他卻遲遲沒有上車，只是靜靜凝視著雲歌。

于安忙說：「皇上放心，奴才已經安排妥當，六順他們一定會照顧好雲姑娘。」

劉弗陵知道再耽誤不得，手在雲歌的臉頰上幾分眷戀地輕撫了下，轉身上了車。

雲歌心中也是說不清楚的滋味，倒是沒留意到劉弗陵的動作。

兩人自重逢，總是同行同止，朝夕相對，這是第一次身在同一殿內，卻被硬生生地隔開。

瞥到一旁的抹茶對她擠眉弄眼地笑，雲歌才反應過來，劉弗陵剛才的舉動在這等場合有些輕浮了，好像與帝王威嚴很不符。

雲歌臉微紅，對六順和富裕說：「走！我們去前殿，不帶抹茶。」

抹茶忙一溜小跑地追上去，「奴婢再不敢了，以後一定聽雲姑娘的話，雲姑娘讓笑才能笑，雲姑娘若不讓笑，絕對不能笑，頂多心內偷著笑……」

雲歌卻再沒有理會抹茶的打趣，她心裡只有恍惚。

一年約定滿時，離開又會是怎麼樣的滋味？

司天監敲響鐘磬。

一排排的鐘聲依次響起，沿著前殿的甬道傳向未央宮外的九街十巷。

鐘聲在通告天下，舊的一年即將完結，新的一年快要來臨。

歡樂的鼓樂聲給眾生許諾和希望，新的一年會幸福、安康、快樂。

雲歌仰頭望著劉弗陵緩緩登上前殿的天明台，在司天監的頌音中，他先祭天，再拜地，最後人。天地人和。

百官齊刷刷地跪下。

雲歌不是第一次參加皇族宴，但卻是第一次經歷如此盛大的漢家禮儀。

抹茶輕拽了拽她，雲歌才反應過來，忙隨著眾人跪下，卻已是晚了一步，周圍人的目光都從她身上掃過。

在各種眼光中，雲歌撞到了一雙熟悉的秀目，目光如尖針，刺得她輕輕打了個寒戰。

隔著誥命夫人、閨閣千金的衣香鬢影，霍成君和雲歌看著對方。

究竟是我打碎了她的幸福？還是她打碎了我的幸福？雲歌自己都不能給自己答案。

兩人都沒有笑意，彼此看了一瞬，把目光各自移開，卻又不約而同地移向側面，好似無意地看向另一個人。

孟珏官列百官之外，所以位置特殊，加之儀容出眾，根本不需尋，眼光輕掃，已經看到了他。漢朝的官服寬袍廣袖、高冠博帶，莊重下不失風雅，襯得孟珏神清散朗，高蹈出塵。

久聞孟珏大名，卻苦於無緣一見的閨閣千金不少，此時不少人都在偷著打量孟珏。連雲歌身旁的抹茶也是看得出神，旋又暗思，原來這就是那個不懼霍氏的男子，這般溫潤如玉的容貌下竟是錚錚鐵骨。

跪拜完畢，藉著起身間，孟珏側眸。

他似早知雲歌在哪裡，千百人中，視線不偏不倚，絲毫不差地落在了雲歌身上。

雲歌不及迴避，撞了個正著，只覺得心中某個地方還是一陣陣的酸楚。

已經那麼努力地遺忘了，怎麼還會難過？

腦中茫然，根本沒有留意到眾人都已經站起，只她還呆呆地跪在地上。

抹茶一時大意，已經站起，不好再彎身相拽，急得來不及深想，在裙下踢了雲歌一腳，雲歌這才驚醒，急匆匆站起。

孟珏眸內濃重的墨色淡了幾分，竟顯得有幾分欣悅。

冗長的禮儀快要結束，夜宴就要開始，眾人要再行一次跪拜後，按照各自的身分進入宴席。

抹茶這次再不敢大意，盯著雲歌，一個動作一個提點。想到自己竟然敢踢雲歌，她只覺得自己活膩了。可雲歌身上有一種魔力，讓跟她相處的人，常忘記了自己的身分，做事不自覺地就隨本心而做。

男賓女賓分席而坐，各自在宦官、宮女的領路下一一入座。

雲歌經過剛才的事情，精神有些萎靡，直想回去休息，卻在無意瞅到百官末尾的劉病已，才又生了興頭。

劉病已遙遙朝她笑著點了點頭，雲歌也是甜甜一笑，悄悄問抹茶，「是不是只要官員來了，他們的夫人也會來？」

「一般是如此。不過除了皇室親眷，只有官員的正室才有資格列席此宴。」

抹茶剛說完，就想咬掉自己的舌頭。

幸虧雲歌忙著探頭探腦地尋許平君，根本未留意抹茶後半句說什麼。

雲歌看到許平君一個人孤零零地站著，周圍沒有任何人搭理她。

她因為第一次出席這樣的場合，唯恐出了差錯，給她和劉病已本就多艱的命運再添亂子，所以十分緊張，時刻觀察著周圍人的一舉一動，一個動作不敢多做，也一個動作不敢少做。

她身旁有不少貴婦看出了許平君的寒酸氣，都是掩嘴竊笑，故意使壞地做一些毫無意義的動作。

本該走，她們卻故意停，引得許平君急匆匆停步，被身後的女子怨罵。本該坐，她們卻故意展了展腰肢，似乎想站起來，引得許平君以為自己坐錯了，趕緊站起，不料她們卻仍坐著。

她們彼此交換眼色，樂不可支。

許平君竟成了她們這場宴席上的消遣娛樂。

雲歌本來只想和許平君遙遙打個招呼。

以前許平君還曾很羡慕那些坐於官宴上的小姐夫人，雲歌想看看許平君今日從羡慕她人者，變成了被羡慕者，是否心情愉悅？

卻不料看到的是這麼一幕。

強按下心內的氣，她對抹茶說：「我不管妳用什麼法子，妳要麼讓我坐到許姐姐那邊去，要麼讓許姐姐坐過來，否則我會自己去找許姐姐。」

抹茶見雲歌態度堅決，知道此事絕無迴旋餘地，只得悄悄叫來六順，嘀嘀咕咕說了一番。

六順跟在于安身邊，大風大浪見得多了，在抹茶眼內為難的事情，在他眼中還算不上什麼，笑道：「我還當什麼事情，原來就這麼點事！我去辦，妳先在雲姑娘身旁添張坐榻。」

六順果然動作俐落，也不知道他如何給禮部的人說的，反正不一會兒，就見一個小宦官領著許平君過來。

許平君是個聰明的人，早感覺出周圍的夫人小姐在戲弄她，可是又沒有辦法，誰叫她出身貧家，什麼都不懂，什麼都沒見識過呢？

提心吊膽了一晚上，見到雲歌，她鼻頭一澀，險些就要落淚，可提著的心、吊著的膽都立即回到了原處。

雲歌將好吃的東西揀了滿滿一碟子，笑遞給許平君，「我看姐姐好似一口東西都還未吃，先吃些東西。」

許平君點了下頭，立即吃了起來，吃了幾筷子，又突然停住，「雲歌，我這樣吃對嗎？妳吃幾筷子給我看。」

雲歌差點笑倒，「許姐姐，妳……」

許平君的神色卻很嚴肅，「我沒和妳開玩笑，病已現在給皇上辦差，我看他極是喜歡，我認識他那麼多年，從未見他像現在這樣認真。他既當了官，以後只怕免不了有各類宴席，我不想讓別人因為我，恥笑了他去。雲歌，妳教教我。」

雲歌被許平君的一片苦心感動，忙斂了笑意，「大哥真正好福氣。我一定仔細教姐姐，保管讓任何人都挑不出錯。幸虧這段日子又看了不少書，身邊還有個博學之人，否則……」雲歌吐吐舌頭，徐徐開講，「禮字一道，源遠流長，大到國典，小到祭祀祖宗，絕非一時間能講授完，今日只能簡單講一點大概和基本的宴席禮儀。」

許平君點點頭，表示明白。

「漢高祖開國後，命相國蕭何定律令，韓信定軍法和度量衡，叔孫通定禮儀。本朝禮儀是在秦制基礎上，結合儒家孔子的教化……」

教者用心，學者用心。

兩個用心的人雖身處宴席內，卻無意間暫時把自己隔在了宴席之外。

小妹雖貴為皇后，可此次依舊未能與劉弗陵同席。

皇帝一人獨坐於上座，小妹的鳳榻安放在了右首側下方。

霍禹不滿地嘀咕：「以前一直說小妹年齡小，不足以鳳儀天下。可現在小妹就要十四歲了，難道仍然連和他同席的資格都沒有？還是他壓根不想讓小妹坐到他身旁，虛位等待著別人？爹究竟心裡在想什麼？一副毫不著急的樣子。」

霍雲忙道：「人多耳雜，大哥少說兩句，叔叔心中自有主意。」

霍禹的視線在席間掃過，見者莫不低頭，即使丞相都會向他微笑示禮，可當他看到孟玨時，孟玨雖然微笑著拱手為禮，眼神卻坦然平靜，不卑不亢。

霍禹動怒，冷笑了下，移開了視線。

他雖然狂傲，卻對霍光十分畏懼，心中再惱火，可還是不敢不顧霍光的囑咐去動孟玨，只得把一口怒氣壓了回去，卻是越想越憋悶，竟然是自小到大都沒有過的窩囊感。偶然捕捉到孟玨的視線狀似無意地掃過女眷席，他問道：「那邊的女子看著眼生，是誰家的千金？」

霍山看了眼，也不知道，看向霍雲。

三人中城府最深的霍雲道：「這就是皇上帶進宮的女子，叫雲歌。因為叔叔命我去查過她的來歷，所以比兩位哥哥知道得多一些。此女是個無依無靠的孤女，在長安城內做菜為生，就是大名鼎鼎的『雅廚』。她身旁的婦人叫許平君，是長安城內一個鬥雞走狗之徒的妻子，不過那人也不知道撞了什麼運氣，聽說因為長得有點像皇上，合了皇上的眼緣，竟被皇上看中，封了個小官，就是如今跟著叔叔辦事的劉病已。雲歌和劉病已、許平君、孟玨的關係都不淺，他們大概是雲歌唯一親近的人了。這丫頭和孟玨之間好像還頗有些說不清楚的事情。」

霍禹第一次聽聞此事，「成君知道嗎？」

霍雲說：「大哥若留意看一下成君的表情就知道了，想來成君早知道這個女子。」

霍禹看看孟玨，看看劉弗陵，望著雲歌笑起來，「有意思。」

霍禹看到霍成君面帶淺笑，自斟自飲。

可他是霍成君同父同母的親哥哥，又一向疼這個妹子，哪裡看不出來霍成君笑容下的慘澹心情？不禁又是恨又是心疼地罵道：「沒用的丫頭，拿一個孤女都沒有辦法，真是枉生在霍家了！」

霍雲忙道：「大哥，此事不可亂來，否則叔叔知道了……」

霍禹笑：「誰說我要亂來？」

霍山會意地笑，「可我們也不可能阻止別人亂來。」

霍雲知道霍禹因為動不了孟玨，已經憋了一肚子的氣，遲早得炸，與其到時候不知道炸到了哪裡不好控制，不如就炸到那個女子身上。

孟玨將霍氏玩弄股掌間，他憋的氣不比大哥少。

更何況，霍禹是叔叔唯一的兒子，即使出了什麼事不好收拾，有霍禹在，叔叔也不能真拿他們怎麼樣。

霍雲心中還在暗暗權衡，霍山道：「雲弟，你琢磨那麼多幹麼？這丫頭現在不過是個宮女，即使事情鬧大了，也就是個宮女出了事，皇上還能為個宮女和我們霍氏翻臉？何況此事一舉三得，真辦好了，還替叔叔省了工夫。」

霍禹不屑地冷笑一聲。整個長安城的軍力都在霍家手中，他還真沒把劉弗陵當回事情。

霍雲覺得霍山的話十分在理，遂笑道：「那小弟就陪兩位哥哥演場戲了。」

霍禹對霍山仔細吩咐了一會，霍山起身離席，笑道：「你們慢吃，酒飲多了，我去更衣。」

霍禹叫住他，低聲說：「小心于安那廝手下的人。」

霍山笑，「今天晚上的場合，匈奴、羌族、西域各國的使節都來了，于安和七喜這幾個大宦官肯定要全神貫注保護皇上，無暇他顧。何況我怎麼說也是堂堂一個將軍，未央宮的禁軍侍衛又都是我們的人，他若有張良計，我自有過牆梯，大哥，放心。」

雲歌和許平君粗略講完漢朝禮儀的由來發展，宴席上器皿、筷箸的擺置，又向許平君示範了坐姿，敬酒、飲酒的姿態，夾菜的講究……

等她們大概說完，宴席上酒已是喝了好幾輪。

此時正有民間藝人上臺獻藝，還有各國使臣陸續上前拜見劉弗陵，送上恭賀和各國特產。

抹茶接過小宦官傳來的一碟菜，擺到雲歌面前，笑說：「雲姑娘，這是皇上嚐著好吃的菜，命于總管每樣分了一些拿過來。」

雖然說的是百官同慶，其實整個宴席不管坐席，還是菜式，甚至茶酒都是根據官階分了三六九等。呈給皇帝的許多菜肴，都是雲歌座席上沒有的。

雲歌抬頭看向劉弗陵。

劉弗陵正在和大宛使臣說話。

因為距離遙遠，又隔著重重人影和喧鬧的鼓樂，雲歌其實看不分明劉弗陵的神情，但她知道他知道她在看他，甚至知道他此時眼內會有淡然溫暖的笑意。那種感覺說不清楚，但就是心上的一點知道。

因為這一點知道，兩人竟似離得很近，並沒有被滿殿人隔開。

雲歌抿唇一笑，側頭對許平君抬手做了個標準的「請」的姿勢。

許平君也是優雅的道謝、舉箸、挽袖、夾菜，動作再無先前的局促和不自信。

許平君嚥下口中食物，又端起茶杯，以袖半掩面，喝了一口茶，再用絹帕輕輕印唇。

看到雲歌讚許的笑，她很有成就感地笑了。

第二十七章 呦呦鹿鳴

雲歌的腦海中，仍迴盪著剛才看到克爾嗒嗒的刀砍向孟玨的畫面。
她不知道自己有沒有驚叫，只記得自己好像跳起來，衝了出去，然後……
她在孟玨眼內看到了什麼？

自武帝中年，衛青和霍去病揮軍橫掃匈奴王庭之後，匈奴已經再無當年鐵騎勇兵直壓大漢邊陲的雄風。

可自漢朝國力變弱，此消彼長，匈奴又開始蠢蠢欲動，頻頻騷擾漢朝邊境。

除了來自匈奴的威脅，漢朝另一個最大的威脅來自一個日漸強盛的遊牧民族——羌。

漢人根據地理位置將羌人分為西羌、北羌、南羌、中羌。

西羌人曾在武帝末年，集結十萬大軍，聯合匈奴，對漢朝發起進攻。

雖然羌人最後失敗，可大漢也付出了極其慘重的代價，讓武帝到死仍心恨不已，叮囑四位托孤大臣務必提防羌人。

武帝駕崩後，羌人見漢朝國力變弱、內亂頻生，對衛青和霍去病從匈奴手中奪走的河西地區垂涎三尺。

河西地區碧草無垠，水源充沛。是遊牧民族夢想中的天堂，是神賜於遊牧民族的福地。

羌人為了奪回河西地區，在西域各國，還有匈奴之間奔走遊說，時常對漢朝發起試探性的進攻，還企圖策動已經歸順漢朝、定居於河西地區的匈奴人、羌人和其他西域人謀反。

漢朝和羌族在河西一帶展開了激烈的暗鬥，尤其對軍事關隘河湟地區的爭奪更是寸步不讓，常常爆發小規模的激烈戰役。

羌人常以屠村的血腥政策來消滅漢人人口，希望此消彼長，維持羌人在河湟地區的絕對多數。因為羌人的遊牧特性，和民族天性中對自由的崇拜，西羌、北羌、南羌、中羌目前並無統一的中央王庭，但是在共同利益的驅使下，各個部落漸有走到一起的趨勢。

如果羌族各個部落統一，再和匈奴勾結，加上已經定居河西、關中地區的十幾萬匈奴人、羌人的後裔，動亂一旦開始，將會成為一場席捲大漢整個西北疆域的浩劫。

所以當中羌的王子克爾嗒嗒和公主阿麗雅代表羌族各個部落上前向劉弗陵恭賀漢人新年時，百官驀地一靜，都暫時停了手中杯箸，望向克爾嗒嗒。

百官的靜，影響到女眷席，眾女子不知道發生了什麼，驚疑不定地都不敢再說話，也看向了皇上所坐的最高處，審視著異族王子克爾嗒嗒。

雲歌卻是被阿麗雅的裝扮吸引，輕輕「咦」了一聲，打量了好一會兒，才移目去看克爾嗒嗒。

克爾嗒嗒個子不高，可肩寬背厚，粗眉大眼，走路生風，見者只覺十分雄壯。

他向劉弗陵行禮祝賀，朗聲道：「都說大漢地大物博，今日一見，果然名不虛傳。和天上星辰一樣燦爛的珠寶映花了我的眼睛，精美的食物讓我的舌頭幾乎不會說話，還有像雪山仙女一樣美麗的姑娘讓我臉紅又心跳……」

許平君輕笑：「這個王子話語雖有些粗俗，可很逗，說話像唱歌一樣。」

雲歌也笑：「馬背上的人，歌聲就是他們的話語。姐姐哦！他們的話雖沒有漢人雅致，可他們的情意和你們一樣。」雲歌受克爾嗒嗒影響，說話也好似唱歌。

許平君知道雲歌來自西域，對胡人、番邦的看法與他們不太一樣，所以委婉一笑，未再說話。

眾人聽到克爾嗒嗒的話，都露了既鄙夷又自傲的笑。鄙夷克爾嗒嗒的粗俗，自傲克爾嗒嗒話語中讚美的一切。

劉弗陵卻是不動聲色，淡淡地等著克爾嗒嗒的轉折詞出現。

克爾嗒嗒笑掃了眼大殿下方所坐的漢朝百官，那些寬袍大袖下的瘦弱身子。

「……可是，廣闊的藍天有雄鷹翱翔，無垠的草原有健馬奔跑，漢人兄弟，你們的雄鷹和健馬呢？」

克爾嗒嗒說著一揚手，四個如鐵塔一般的草原大漢捧著禮物走向劉弗陵，每踏一步，都震得桌子輕顫。

于安一邊閃身想要護住劉弗陵，一邊想出聲呵斥他們退下。

遊牧民族民風剽悍，重英雄和勇士，即使部落的首領——單于、可汗、酋長都要是英雄，才能夠服眾。

克爾嗒嗒看到漢朝的皇帝竟然要一個宦官保護，眼內毫不掩飾地流露出鄙夷，正想命四個侍衛退下，卻不料劉弗陵盯了眼于安，鋒芒掃過，于安立即沉默地退後。

四個鐵塔般的武士向著劉弗陵步步進逼，劉弗陵卻狀若不見，只看著克爾嗒嗒，淡然而笑。直到緊貼到桌前，四個武士才站定。

劉弗陵神態平靜，笑看著他面前的勇士，不急不緩地說：「天上雄鷹的利爪不見毒蛇不會顯露，草原健馬的鐵蹄不見惡狼不會揚起。草原上的兄弟，你可會把收翅的雄鷹當作大雁？把臥息的健馬認作小鹿？」

劉弗陵也同樣用草原短調回答克爾嗒嗒的問題，對他是極大的尊重，可言語中傳達的卻是大漢的威懾。

劉弗陵的恩威並用，讓克爾嗒嗒一時不知該如何回答。

能用草原短調迅速回答並質問他，可見這個皇帝對草原上的風土人情十分瞭解。不論其他，只這一點，就讓他再不敢輕慢這個看似文質彬彬的漢朝皇帝。克爾嗒嗒呆了一瞬，命令四個侍衛站到一邊。

他向劉弗陵行禮，「天朝的皇帝，我們的勇士遠道而來，不是為了珠寶，不是為了美酒，更不是為了美人，就如雄鷹只會與雄鷹共翔，健馬只會與健馬馳騁，勇士也只想與勇士結交。我們尋覓著值得我們獻上彎刀的兄弟，可是為何我只看到嚼舌的大雁？吃奶的小鹿？」

結黨拉派、暗呈心機，比口舌之利、比滔滔雄辯的文官儒生們霎時氣得臉紅脖子粗。

而以霍禹、霍雲為首，受著父蔭庇護的年輕武官們則差點就掀案而起。

劉弗陵面上淡淡，心裡不無黯然。

想當年大漢朝堂，文有司馬遷、司馬相如、東方朔、主父偃……

武有衛青、霍去病、李廣、趙破奴……

文星、將星滿堂閃耀，隨便一個人站出來，都讓四夷無話可說。

而現在……

嚼舌的大雁？吃奶的小鹿？

人說最瞭解你弱點的就是你的敵人，何其正確！

劉弗陵目光緩緩掃過他的文武大臣：

大司馬大將軍霍光面無表情地端坐於席上。

今日宴席上發生的所有事情，明日都會傳遍長安城的大街小巷，繼而傳遍全天下。霍光似乎只想看劉弗陵能否在全天下的人面前應下這場挑釁。似乎等著劉弗陵出了錯，他才會微笑著登場，在收拾克爾嗒嗒的同時，也讓全天下都知道霍光之賢。

「木頭丞相」田千秋一貫是霍光不說，他不說，霍光不動，他不動，垂目斂氣，好像已經入定。

官居一品的中郎將：霍禹、霍雲……

劉弗陵微笑著把目光投向了坐在最末席的劉病已。

劉病已心裡有一絲躊躇。

但看到下巴微揚，面帶譏笑，傲慢地俯視著漢家朝堂的克爾嗒嗒，他最後一點躊躇盡去，這個場合不是過分計較個人利弊的時候。

他對著劉弗陵的目光微一頷首，長身而起，一邊向前行去，一邊吟唱道：

呦呦鹿鳴，食野之苹，
我有嘉賓，鼓瑟吹笙。
吹笙鼓簧，承筐是將，
人之好我，示我周行。

呦呦鹿鳴，食野之蒿，
我有嘉賓，德音孔昭。
視民不恌，君子是則是傚。
我有旨酒，嘉賓式燕以敖。

呦呦鹿鳴，食野之芩。
我有嘉賓，鼓瑟鼓琴。
鼓瑟鼓琴，和樂且湛。
我有旨酒，以燕樂嘉賓之心。

劉病已邊行邊唱，衣袖飄然，步履從容。

空曠的前殿，坐著木然的上百個官員，個個都冷漠地看著他，霍禹、霍山這些人甚至唇邊抿著一絲嘲諷。

他的歌聲在寬廣的殿堂中，只激起了微微的回音，顯得勢單力薄。

可他氣態剛健，歌聲雄厚，颯颯英姿如仙鶴立雞群，器宇軒昂中有一種獨力補天的慷然，令人讚賞之餘，更對他生了一重敬意。

《詩經》中的《鹿鳴》是中原貴族款待朋友的慶歌。

宴席上的樂人中，有一兩個極聰明的已經意識到，劉病已是想用漢人莊重寬厚的歌謠回敬羌人挑釁的歌聲。

憋了一肚子氣的樂人看著羌族王子的傲慢，看著劉病已的慷然，幾個有荊軻之勇的人開始隨著劉病已的歌聲奏樂。

剛開始只零零散散兩三個人，很快，所有的樂人都明白了劉病已的用意，同仇敵愾中，紛紛未有命令，就擅自開始為劉病已伴奏，並且邊奏邊唱。

歌者也開始隨著鼓瑟之音合唱。

舞者也開始隨著鼓瑟之音合唱。

一個，兩個，三個……

所有的樂者。

所有的歌者。

所有的舞者。

忘記了他們只是這個宴席上的一道風景，一個玩物，忘記了保家衛國是將軍們的責任，忘記了未有命令私自唱歌的懲罰，他們第一次不分各人所司職務的一起唱歌。

《鹿鳴》位列《小雅》篇首，可見其曲之妙，其勢之大。

曲調歡快下充滿莊重，溫和中充滿威嚴。

但更令人悚然動容的是這些唱歌的人。

他們不會文詞，不能寫檄文給敵國；不會武藝，不能上陣殺敵。

可他們用自己的方式捍衛著大漢的威嚴，不許他人踐踏。

他們的身軀雖然卑賤，可他們護國的心卻是比所有尸位素餐的達官貴人都要高貴。

他們為民族的尊嚴歌唱，他們在表達著捍衛家園的決心。

到後來，劉病已只是面帶微笑，負手靜站在克爾嗒嗒面前。

大殿內迴盪的是盛大雄宏的《鹿鳴》之歌。

上百個樂者、歌者、舞者，在大殿的各個角落，肅容高歌。他們的歌聲在殿堂內轟鳴，讓所有人都心神震肅。

劉病已雖只一人站在克爾嗒嗒面前，可他身後站立著成千上萬的大漢百姓。

一曲完畢。

克爾嗒嗒傲慢的笑容全失，眼內充滿震撼。

有這樣百姓的民族是他們可以輕動的嗎？

就連柔弱卑賤的舞女都會坦然盯著他的眼睛，大聲高歌，微笑下是凜然不可犯！

劉病已向克爾嗒嗒拱手為揖：「我朝乃禮樂之邦，我們用美酒款待客人疲累的身，用歌聲愉悅他們思鄉的心，我們的弓箭刀戈只會出示給敵人。如果遠道而來的客人想用自己的方式來印證我們的友誼，我們也必定奉陪。」

克爾嗒嗒遲疑，卻又不甘心。

他在所有羌族部落酋領的面前，拍著胸脯保證過定會讓長安人永遠記住羌人的英勇。此行所帶來之前。

的四個人是從羌族戰士中精心挑選出來的勇士，根據父王的命令，是想用此舉讓羌族的各個酋領堅定信心，完成統一，共議大舉。

劉病已見狀，知道雖已奪了克爾嗒嗒的勢，卻還沒讓他心死。

「王子殿下，在下位列漢朝百官之末，若王子的勇士願意與我比試一場，在下不勝榮幸。」

克爾嗒嗒身後的勇士哲赤兒早已躍躍欲試，聽聞劉病已主動挑戰，再難按捺，忙對克爾嗒嗒說：「王子，我願意出戰。」

克爾嗒嗒看向劉弗陵，劉弗陵道：「以武會友，點到為止。」

于安忙命人清理場地，又暗中囑咐把最好的太醫都叫來。

許平君自劉病已走出宴席，就一直大氣都不敢喘。

此時聽聞劉病已要直接和對方的勇士搏鬥，心裡滋味十分複雜。

作為大漢子民，對羌族王子咄咄逼人的挑釁和羞辱，她的憤慨不比任何人少，所以當她看到她的夫婿從殿下，緩步高歌而出，一身浩然正氣，慨然面對羌族王子，她的內心全是驕傲和激動。

那個人是她的夫婿！

許平君此生得夫如此，還有何憾？

可另外一面，正因為那個人是她的夫婿，所以她除了激動和驕傲，還有擔心和害怕。

雲歌握住許平君的手，「別怕！大哥曾是長安城內的游俠之首，武藝絕對不一般，否則那些游俠如何會服大哥？」

克爾嗒嗒笑對劉弗陵說：「尊貴的天朝皇帝，既然要比試，不如以三場定輸贏，將來傳唱到民間，也是我們兩邦友好的見證。」

劉弗陵微微而笑，胸中乾坤早定，「就依王子所請。諫議大夫孟玨上殿接旨。朕命你代表我朝與羌族勇士切磋技藝。」

宴席上一片默然，不知道皇上在想什麼，派一個文官迎戰？

如果是霍光的命令，還好理解。

可是皇上？就算孟珏得罪了皇上，皇上想借刀殺人，也不用在這個節骨眼吧？

孟珏卻是一點都沒有驚訝，他已經知道當日長安城外的莫名廝殺中，碰到的人是于安、七喜他們，那麼皇帝知道他會武功，也沒什麼好奇怪。

他微笑著起身、上前，磕頭、接旨。

第三個人選？

劉弗陵淡然地看向霍光，霍光知道這場和劉弗陵的暗中較量，自己又棋差了一著。

當年，衛太子選出保護劉病已的侍衛都是一等一的高手。劉病已身處生死邊緣，為了活命，武功自然要盡心學。後來他又混跡於江湖游俠中，所學更是龐雜，「大哥」之名絕非浪得，所以霍光和劉弗陵都知道劉病已穩贏。

霍光雖對孟珏的武功不甚清楚，可劉弗陵絕不會拿大漢國威開玩笑，所以劉弗陵對孟珏自然有必勝的信心，而他對劉弗陵的識人眼光絕不會懷疑。

劉弗陵的劍走偏鋒，不但將劣勢盡化，而且憑藉今日之功，劉弗陵將來想任命劉病已、孟珏官職，他很難再出言反駁。

到了此際，霍光再不敢猶豫，正想為霍家子弟請戰。

克爾嗒嗒身邊一直未出言的羌族公主，突然彎身向劉弗陵行禮，「尊貴的皇帝，阿麗雅請求能比試第三場。」

克爾嗒嗒心中已有安排，不料被妹子搶了先，本有些不快，但轉念一想，這個妹子一手鞭子使得極好，二則她是個女子，只知道草原女兒剛健不比男兒差，卻未聽聞過中原女子善武，漢人若派個男子出來，即使贏了也是顏面無光，且看漢人如何應對。

劉弗陵早已智珠在握，並不計較第三場輸贏。

如果對方是男子，任由霍光決定霍家的任何一人出戰，霍家的幾個子弟，雖然狂傲，但武功的確不弱。

若能贏自然很好，不能贏也很好！

可竟然是個女子。他只覺的確有些難辦。

想到于安親自教導的幾個宮女應該還可一用，可今日只有抹茶在前殿，再說若讓百官知道宮女會武，後患無窮。也許只能讓阿麗雅在女眷中任挑對手，權當是一次閨閣笑鬧，供人茶後品談。

還未想定，他忽地聽到一個清脆的聲音。

「皇上，奴婢願意和公主比試。」

雲歌在下面看到劉弗陵躊躇不能決，遂決定自己應下這場比試。

許平君想拉沒有拉住，雲歌已經離席，到殿前跪下請命。

劉弗陵看著跪在地上的雲歌，心內有為難，有溫暖。這殿堂內，他終究不再是孤零零一人坐於高處了。

可雲歌的武功？

雖然不太清楚，但和雲歌相處了這麼久，知道她看菜譜、看詩賦、讀野史，卻從未見過她翻宮廷內的武功祕笈。以她的性格，若沒有興趣的東西，豈會逼迫自己去做？

他正想尋個藉口駁回，可看她眼內，流露的全是「答應我吧！答應我吧！我保證不會有事。」而克爾嗒嗒和四夷使者都如待撲的虎狼，冷眼看著他的一舉一動。

劉弗陵只得抬手讓雲歌起來，准了她的請求。

劉弗陵瞟了眼下方立著的七喜，七喜忙藉著去問雲歌需要什麼兵器的機會，向雲歌一遍遍叮囑，「皇上心中早有計較，打不過就認輸，您可千萬別傷到了自己。」

雲歌滿臉笑嘻嘻，頻頻點頭，「當然，當然。我可不會拿自己的小命開玩笑。」

七喜又問：「姑娘用什麼兵器？」

雲歌撓撓頭，一臉茫然，「我還沒想好，等我想好了告訴你。」

七喜感覺頭頂有一群烏鴉飛過，擦著冷汗離去。

雲歌的出戰立即吸引了所有人的注意。

連精神消沉、一直漠然置身事外的霍成君也放下了手中的酒杯，心緒複雜地看向了雲歌。

許平君就更不用提了，此時臺上三人都是她心中至親的人，她恨不得也能飛到臺上，與他們並肩而戰。可自己卻什麼忙都幫不上，只能心中又是求神又是祈天，希望一切平安，真的是「點到即止」。

雲歌全當孟玨不存在，只笑嘻嘻地和劉病已行了個禮，坐到劉病已身側，開始東看西看、上看下看地打量阿麗雅，一副全然沒把這當回事情，只是好玩的樣子。

劉病已和孟珏無語地看著雲歌。

雲歌三腳貓的功夫竟然也敢來丟人現眼？

如果不是在這樣的場合，他們肯定早拎著她脖子，把她從哪來的，扔回哪去了。

第一場是劉病已對哲赤兒。

劉病已上場前，孟珏笑和他低聲說了幾句話，劉病已微笑著點了點頭，從容而去。

哲赤兒甕聲甕氣地說：「我在馬背上殺敵時，兵器是狼牙棒。馬背下的功夫最擅長摔角和近身搏鬥，沒有武器。不過你可以用武器。」

劉病已以坦誠回待對方的坦誠，拱手為禮，「我自幼所學很雜，一時倒說不上最擅長什麼，願意徒手與兄台切磋一番。」

哲赤兒點了點頭，發動了攻擊。

哲赤兒人雖長得粗豪，武功卻粗中有細，下盤用了摔角的「定」和「閃」，雙拳卻用的是近身搏鬥的「快」和「纏」，出拳連綿、迅速，一波接一波，纏得劉病已只能在他拳風中閃躲。

哲赤兒果然如他所說，只會這兩種功夫。

因為只會這兩種功夫，幾十年下來，反倒練習得十分精純，下盤的「穩」和雙拳的「快」已經配合得天衣無縫。

會武功的人自然能看出哲赤兒無意中已經貼合了漢人武功中的化繁為簡、化巧為拙，可不懂武功的夫人、小姐們卻看得十分無趣。

劉病已卻大不一樣，只看他騰挪閃躍，招式時而簡單，時而繁雜，時而疏緩，時而剛猛，看得夫人、小姐們眼花繚亂，只覺過癮。

雲歌卻十分不解，大哥的武功看著是美麗好看，可怎麼覺得他根本沒有盡力。大哥給人的感覺是所學很雜，卻沒有一樣精純。但她知道劉病已絕非這樣的人，他會涉獵很廣，可絕不會每樣都蜻蜓點水，他一定會揀自己認為最好的東西，學到最精。

轉眼間已經一百多招，劉病已和哲赤兒都是毫髮未損。

劉病已本就對草原武功有一些瞭解，此時看了哲赤兒一百多招，心中計議已定，對哲赤兒說了聲：「小心。」功夫突換，用和哲赤兒一模一樣的招式和哲赤兒對攻。

哲赤兒是心思專純的人，五六歲學了摔角和搏鬥，就心無旁騖的練習，也不管這世上還有沒有其他高深功夫。幾十年下來，不知不覺中，竟然將草原上人人都會的技藝練到了無人能敵的境界。若劉病已使用其他任何功夫，他都會如往常一樣，不管對手如何花樣百出，不管虛招實招，他自是見招打招。可劉病已突然用了他的功夫打他，哲赤兒腦內一下就懵了，想著他怎麼也會我的功夫？他下面要打什麼，我都知道呀！那我該如何打？可他不也知道我如何打嗎？他肯定已經有了準備，那我究竟該怎麼打……

劉病已藉著哲赤兒的失神，忽然腳下勾，上身撲，用了一個最古老的摔角姿勢——過肩摔，把哲赤兒摔在了地上。

大殿中的人突然看到兩個人使一模一樣的功夫對打，也是一陣懵然，直到劉病已將哲赤兒摔倒，大家都還未反應過來。

劉弗陵率先鼓掌讚好，眾人這才意識到，劉病已贏了，忙大聲喝彩。

劉病已扶哲赤兒起身，哲赤兒赤紅著臉，一臉迷茫地說：「你功夫真好，你贏了。」

劉病已知道這個老實人心上有了陰影，倘若以後再與人過招，定會少了自信。哲赤兒的武功十分好，他的心無旁騖，已經暗合了武學中「守」字的最高境界。只要他一心不亂，外人想攻倒他，絕不容易。

劉病已對哲赤兒很有好感，本想出言解釋，點醒對方：不是我打贏了你，而是你自己先輸了。可再想到，哲赤兒縱然再好，畢竟是羌人，若將來兩國交兵，哲赤兒的破綻就是漢人的機會。遂只淡淡一笑，彎身行了一禮後，轉身離去。

克爾嗒嗒勉強地笑著，向劉弗陵送上恭賀。

「漢朝的勇士果然高明！」

劉弗陵並未流露喜色，依舊和之前一般淡然，「草原上的功夫也很高明，朕是第一次看到如此高明的摔角搏鬥技藝。」

因為他的誠摯，讓聽者立即感受到他真心的讚美。

克爾嗒嗒想到哲赤兒雖然輸了，卻是輸在他們自己的功夫上，並不是被漢人的功夫打敗，心中好受了幾分，對孟玨說：「我想和你比試第二場。」

孟玨本以為克爾嗒嗒以王子之尊，此行又帶了勇士、有備而來，不會下場比試，不料對方主動要求一戰。

但既然對方已經發話，他只能微笑行禮：「謝殿下賜教。」

雲歌不看臺上，反倒笑嘻嘻地問劉病已：「大哥，你究竟擅長什麼功夫？這臺下有些人眼巴巴地看了半天，竟還是沒有一點頭緒。大哥，你也太『深藏不露』了！」

劉病已對雲歌跳出來瞎摻和，仍有不滿，沒好氣地說：「有時間，想想過會兒怎麼輸得有點面子。」

「太小瞧人，我若贏了呢？」

劉病已嚴肅地從頭到腳仔細打量了一番雲歌，最後來了句：「散席後，趕緊去看大夫，夢遊症已經十分嚴重！」

雲歌哼了一聲，不再理他。

好一會後，卻又聽到劉病已叫她，仔細叮囑道：「雲歌，只是一場遊戲，不必當真。若玩不過，就要記得大叫不玩。」

雲歌知道他擔心自己，點了點頭，「我知道了。多謝大哥關心。」

劉病已冷哼，「關心妳的人夠多了，我才懶得關心妳。皇上坐在上頭，妳斷然不會有危險。我是關心孟玨的小命。我怕他會忍不住，違反規定，衝到臺上救人。」

雲歌「嗤」一聲冷嘲，再不和劉病已說話。

說話的工夫，孟玨已經和克爾嗒嗒動手。

一個用劍，一個用刀。

一個的招式飄逸靈動，如雪落九天，柳隨風舞；一個的招式沉穩兇猛，如惡虎下山，長蛇出洞。

劉病已看了一會兒，眉頭漸漸蹙了起來。

羌族已經先輸一場，克爾嗒嗒如果再輸，三場比試，兩場輸，即使阿麗雅贏了雲歌，那麼羌族也是輸了。克爾嗒嗒為了挽回敗局，竟然存了不惜代價、非贏不可的意思。

孟玨和克爾嗒嗒的武功應該在伯仲之間，但孟玨智計過人，打鬥不僅僅是武功的較量，還是智力的較量，所以孟玨本有七分贏面。

可克爾嗒嗒這種破釜沉舟的打法，逼得孟玨只能實打實。

最後即使贏了，只怕也代價……

雲歌本來不想看臺上的打鬥，可看劉病已的神色越來越凝重，忙投目臺上。

看著看著，也是眉頭漸皺。

看的人辛苦，身處其間的人更辛苦。

孟玨未料到克爾嗒嗒的性子居然如此偏激剛烈，以王子之尊，竟然是搏命的打法。

這哪裡還是「點到即止」的切磋？根本就是不共戴天的仇人相搏。

而且更有一重苦處，就是克爾嗒嗒可以傷他，他卻不能傷克爾嗒嗒。克爾嗒嗒傷了他、甚至殺了他，不過是一番道歉賠罪，他若傷了克爾嗒嗒，卻給了羌族藉口，挑撥西域各族進攻漢朝。

他在西域住過很長時間，對西域各國和漢朝接壤之地的民情十分瞭解。因為連年征戰，加上漢朝之前的吏治混亂，邊域的漢朝官員對西域各族的欺壓剝削非常殘酷苛刻，西域的一些國家對漢朝積怨已深。若知道羌族王子遠道而來，好心恭賀漢朝新年，卻被漢朝官吏打傷，只怕這一點星星之火，一不小心就會變成燎原大火。

孟珏的武功主要是和西域的殺手所學，他真正的功夫根本不適合長時間纏鬥，著重的是用最簡單、最節省體力的方法殺死對方。

若真論殺人的功夫，克爾嗒嗒根本不夠孟珏殺。可是真正的殺招，孟珏一招都不能用，只能靠著多年艱苦的訓練，化解著克爾嗒嗒的殺招。

孟珏的這場比鬥，越打越兇險萬分。

一個出刀毫不留情，一個劍下總有顧忌，好幾次克爾嗒嗒的刀都是擦著孟珏的要害而過，嚇得殿下女子失聲驚呼。

孟珏的劍勢被克爾嗒嗒越逼越弱。

克爾嗒嗒纏鬥了兩百多招，心內已經十分不耐，眼睛微瞇，露出了殘酷的笑容，揮刀大開大闔，只護住面對孟珏劍鋒所指的左側身體，避免孟珏刺入他的要害，任下腹露了空門，竟是拚著即使自己重傷，也要斬殺孟珏於刀下。

彎刀直直橫切向孟珏的脖子，速度極快。

可孟玨有把握比他更快一點。

雖然只一點，但足夠在他的刀掃過自己的脖子前，將右手的劍換到左手，利用克爾嗒嗒的錯誤，從他不曾預料到的方向將劍刺入克爾嗒嗒的心臟。

生死攸關瞬間。

孟玨受過訓練的身體已經先於他的思想做出了選擇。

右手棄劍，左手接劍。

沒有任何花俏，甚至極其醜陋的一招劍法，只是快，令人難以想像的快，令人無法看清楚的快。

劍鋒直刺克爾嗒嗒的心臟。

克爾嗒嗒突然發覺孟玨的左手竟然也會使劍，而且直至此時才意識到孟玨先前劍法的速度有多麼慢！

孟玨的眼內是平靜到極致的冷酷無情。

克爾嗒嗒想起了草原上最令獵人害怕的孤狼。孤狼是在獵人屠殺狼群時僥倖活下來的小狼，這些小狼一旦長大，就會成為最殘忍冷酷的孤狼。

克爾嗒嗒的瞳孔驟然收縮，知道他犯了錯誤。

而錯誤的代價……

就是死亡！

一個的刀如流星一般，攜雷霆之勢，呼呼砍向孟玨的脖子。

一個的劍如閃電一般，像毒蛇一樣隱祕，悄無聲息地刺向克爾嗒嗒的心臟。

在孟玨眼內的噬血冷酷中，突然閃過一絲迷茫和遲疑，還有……悲憫？

克爾嗒嗒不能相信。

孟玨驀然將劍鋒硬生生的下壓，避開了克爾嗒嗒的心臟，劍刺向了克爾嗒嗒的側肋。

克爾嗒嗒的刀依舊砍向孟玨的脖子。

孟玨眼內卻已再無克爾嗒嗒，也再不關心這場比試，他只是平靜淡然地看向了別處。在生命的最後一瞬，他的眼內是濃得化不開的柔情、斬不斷的牽掛。

「不要！」

一聲慘呼，撕人心肺。

克爾嗒嗒驚醒，猛然收力，刀堪堪停在了孟玨的脖子上，刀鋒下已經有鮮血涔出。

如果他剛才再晚一點點撤力，孟玨的頭顱就已經飛出，而他最多是側腹受創，或者根本不會受傷，因為孟玨的劍鋒剛觸到他的肌膚，已經停止用力。

當孟玨改變劍鋒的剎那，當結局已定時，孟玨似乎已經不屑再在這件事情上浪費任何精力，他的全部心神似乎都傾注在了眼睛內，凝視著別處。

克爾嗒嗒怔怔看著孟玨，探究琢磨著眼前的男人，震驚於他眼睛內的柔情牽掛。

孟玨立即察覺，含笑看向克爾嗒嗒，眼內的柔情牽掛很快散去，只餘一團漆黑，沒有人能看明白他在想什麼。

克爾嗒嗒完全不能理解孟玨。

短短一瞬，這個男人眼內流轉過太多情緒，矛盾到他幾乎不能相信自己看見的是同一個人。

克爾嗒嗒突然十分急迫地想知道，這個男子凝視的是什麼。

他立即扭頭，順著孟珏剛才的視線看過去。

一個女子呆呆立在臺下，眼睛大睜，定定看著孟珏，嘴巴仍半張著，想必剛才的慘呼就是出自她的口中。

她的眼睛內有擔憂，有恐懼，還有閃爍的淚光。

雲歌的腦海中，仍迴盪著剛才看到克爾嗒嗒的刀砍向孟珏的畫面。

她不知道自己有沒有驚叫，只記得自己好像跳起來，衝了出去，然後……

她也不知道自己怎麼就一個人突兀地站在賽臺前了。

她在孟珏眼內看到了什麼？

她只覺得那一瞬，她看到的一切，讓她心痛如刀絞。

可再看過去時……

什麼都沒有。

孟珏的眼睛如往常一樣，是平靜溫和，卻沒有暖意的墨黑。

雲歌猛然撇過了頭。

卻撞上了另一個人的視線。

劉弗陵孤零零一人坐在高處，安靜地凝視著她。

剛才的一切，他都看到了吧？

看到了自己的失態，看到了自己的失控，看到了一切。

她看不清他的神情，可她害怕他眼中的裂痕。

他的裂痕也會烙在她的心上。

她忽然覺得自己站在這裡十分刺眼，慌忙一步步退回座位，胸中的愧疚、難過壓得她有些喘不過氣來。

卻看見他衝她微微搖了搖頭，示意她不必如此。

他能理解，她似乎都能感覺出他眼中的勸慰。

雲歌心中辛酸、感動交雜，難言的滋味。

滿殿鴉雀無聲，針落可聞。

很多人或因為不懂武功，或因為距離、角度等原因，根本沒有看清楚發生了什麼，只是看到孟珏的劍刺入克爾嗒嗒的側肋，克爾嗒嗒的刀砍在了孟珏的脖上。

只有居高臨下的于安看清楚了一切，還有坐在近前的劉病已半看半猜地明白了幾分。

阿麗雅不明白，哥哥都已經贏了，為什麼還一直在發呆？

她站起對劉弗陵說：「皇上，王兄的刀砍在孟珏要害，王兄若沒有停刀，孟珏肯定會死，那麼孟珏的劍即使刺到王兄，也只能輕傷到王兄。」

劉弗陵看了眼于安，于安點了點頭。阿麗雅說的完全正確，只除了一點點，但這一點點除了孟玨，任何人都不能真正明白。

劉弗陵宣布：「這場比試，羌族王子獲勝。朕謝過王子的刀下留情。」

孟玨淡淡對克爾嗒嗒拱了下手，就轉身下了賽臺。

太醫忙迎上來，幫他止血裹傷。

克爾嗒嗒嘴唇動了動，卻是什麼話都不能說，只能沒有任何喜悅之色地跳下賽臺，坐回了自己的位置。

劉病已看看臉色煞白、神情恍惚的雲歌，再看看面無表情望著這邊的劉弗陵，嘆了口氣，「雲歌，妳還能不能比試？若不能……」

雲歌深吸了口氣，打起精神，笑說：「怎麼不能？現在可要全靠我了！若沒有我，看你們怎麼辦？」

劉病已苦笑，本以為穩贏的局面居然出了差錯。

「雲歌，千萬不要勉強！」

雲歌笑點點頭，行雲流水般地飄到臺前，單足點地的同時，手在臺面借力，身子躍起，若仙鶴輕翔，飄然落在臺上。

阿麗雅看到雲歌上臺的姿勢，微點了下頭。雲歌的動作十分漂亮俐落，顯然受過高手指點，看來是一個值得一鬥的人。

不過，阿麗雅若知道真相是……

雲歌學得最好的武功就是騰挪閃躍的輕身功夫，而輕身功夫中學得最好的又只是上樹翻牆。並且剛才那一個上臺姿勢，看似隨意，其實是雲歌坐在臺下，從目測，到估計，又把父母、兄長、朋友，所有人教過她的東西，全部在腦海中過了一遍，最後才精心挑選出了一個最具「表現魅力」的姿態。若是讓阿麗雅知道了這些，以她的驕傲，只怕會立即要求劉弗陵換人比試，找個值得一鬥的人給她。

阿麗雅輕輕一揮鞭子，手中的馬鞭「啪」一聲響。

「這就是我的兵器。妳的呢？」

雲歌撓著腦袋，皺眉思索，十分為難的樣子。

阿麗雅有些不耐煩，「這個問題很難回答嗎？平日用什麼武器，就用什麼。」

雲歌抱歉地笑：「我會用的武器太多了，一時難以決定。嗯……就用彎刀吧！」

彎刀雖然是遊牧民族最常用的兵器，卻也是極難練好的兵器，雲歌竟然敢用彎刀對敵，想來武功不弱。聽雲歌話裡的意思，她的武藝還十分廣博，阿麗雅知道遇到高手，心內戒備，再不敢輕易動氣。

雲歌又笑嘻嘻地說：「漢人很少用彎刀，恐怕一時間難找，公主可有合適的彎刀借我用用？」

阿麗雅腰間就掛著一柄彎刀，聞言，一聲不吭地將腰間的彎刀解下，遞給雲歌，心中又添了一重謹慎。雲歌不但藝高，而且心思細膩，不給自己留下絲毫不必要的危機。

劉病已有些不解。

雲歌她不誘敵大意，反倒在步步進逼？

劉病已鬱悶地問裹好傷口後坐過來的孟玨：「雲歌想做什麼？她還嫌人家武功不夠高嗎？」

孟玨沒什麼慣常的笑意，板著臉說：「不知道。」

雲歌拿過彎刀在手裡把玩著。

「公主，剛才的比試實在很嚇人。公主生得如此美貌，一定不想一個不小心身上、臉上留下疤痕。我也正值芳齡，學會的情歌還沒有唱給心上人聽呢！不管他接受不接受，我可不想心裡的情意還沒有表達就死掉了。我們不如文鬥吧！既可以比試武功高低，也可以避開沒有必要的傷害。」

聽到身後女眷席上的鄙夷、不屑聲，劉病已澈底、完全地被雲歌弄昏頭了。

雲歌究竟想做什麼？

不過他倒是第一次知道了，這丫頭睜著眼睛說瞎話的本事原來這麼高。她若唱情歌，會有人不接受嗎？

劉病已苦笑。

阿麗雅想到哥哥剛才的比試，瞟了眼孟玨脖上的傷口，心有餘悸。

她雖然善用鞭，可鞭子的鋒利畢竟不能和彎刀相比。雲歌手中的那把彎刀是父王在她十三歲生日時，找了大食最好的工匠鍛造給她的成人禮，鋒利無比。

看雲歌剛才上臺的動作，她的輕身功夫定然十分厲害，自己卻因為從小在馬背上來去，下盤的功夫很弱。

若真被雲歌在臉上劃一道……

那不如死了算了！

而且雲歌的那句「學會的情歌還沒有唱給心上人聽」，觸動了她的女兒心思，只覺思緒悠悠，心內是五分的酸楚、五分的驚醒。她的情歌也沒有唱給心上人聽過，不管他接受不接受，都至少應該唱給他聽一次。

如果比試中受了傷，容貌被毀，那她更不會有勇氣唱出情歌，這輩子，只怕那人根本都不會知道還有一個人……

阿麗雅冷著臉問：「怎麼個文鬥法？」

雲歌笑咪咪地說：「就是妳站在一邊，我站在一邊。妳使一招，我再使一招，彼此過招。這樣既可以比試高低，又不會傷害到彼此。」

聽到此處，孟玨知道雲歌已經把這個公主給繞了進去，對仍皺眉思索的劉病已說：「若無意外，雲歌贏了。」

「雲歌那點破功夫，怎麼……」劉病已忽地頓悟，「雲歌的師父或者親朋是高手？那麼她的功夫即使再爛，可畢竟自小看到大，她人又聰明，記住的招式應該很多。所以如果不用內力，沒有對方招式的逼迫，她倒也可以假模假樣的把那些招式都比劃出來。」

孟珏淡笑一下，「她家的人，只她是個笨蛋，連她三哥身邊的丫鬟都可以輕鬆打敗克爾嗒嗒。」劉病已暗驚，雖猜到雲歌出身應該不凡，但是第一次知道竟然是如此不凡！突然間好奇起來雲歌的父母究竟是什麼樣的人，雲歌又為什麼會一個人跑到了長安。

麗雅琢磨了片刻，覺得這個主意倒是有趣，好像也行得通，「打鬥中，不僅比招式，也比速度，招式再精妙，如果速度慢，也是死路一條。」

雲歌忙道：「公主說的十分有理。」又開始皺著眉頭思索。

阿麗雅實在懶得再等雲歌，說道：「以你們漢朝的水漏計時。三滴水內出招，如不能就算輸。」

雲歌笑道：「好主意。就這樣說定了。公主想選哪邊？」

阿麗雅一愣，我好像還沒有同意吧？我們似乎只是在研究文鬥的可行性，怎麼就變成說定了？不過也的確沒有什麼不妥，遂沉默地點了點頭，退到賽臺一側。

雲歌也退了幾步，站到了另外一側。

兩個宦官抬著一個銅水漏，放到臺子一側，用來計時。

雲歌笑問：「誰先出招呢？不如抽籤吧。當然，為了公平起見，製作籤的人，我們兩方各出一人……」

雲歌的過分謹慎已經讓性格豪爽驕傲的阿麗雅難以忍受，不耐煩地說：「勝負並不在這一招半式。我讓妳先出。」

雲歌等的就是她這句話。

阿麗雅若出第一招，雲歌實在對自己不是很有信心。

她雖然腦子裡面雜七雜八的有很多招式，可是這些招式都只限於看過，大概會比劃，卻從沒有過臨敵經驗，根本不確定哪些招式可以克制哪些招式，又只有三滴水的時間，連著兩三個不確定，她恐怕也就輸了。

但，一旦讓她先出招，一切就大不一樣。

阿麗雅認為誰先出第一招並不重要，應該說阿麗雅的認知完全正確，可是雲歌即將使用的這套刀法是她三哥和阿竹比武時，三哥所創。

那年，三哥因病臥床靜養，閒時總是一個人擺弄圍棋。雲歌的圍棋也就是那段日子才算真正會下了，之前她總是不喜歡下，覺得費腦子。可因為想給三哥解悶，所以才認認真真地學，認認真真地玩。

三哥早在一年前就答應過阿竹，會和她比試一次，阿竹為了能和三哥比試，已經苦練多年，不想願望就要成真時，三哥卻不能行動。

雲歌本以為他們的約定應該不了了之，或者推後，卻不料三哥是有言必踐、有諾必行的人，而阿竹也是個怪人，所以兩人還是要打，不過只比招式。三哥在榻上出招，阿竹立在一旁回招。

剛開始，阿竹的回招還是速度極快，越到後來卻越慢，甚至變成了雲歌和三哥下完了一盤圍棋，阿竹才想出下一招如何走。

阿竹冥思苦想出的招式，剛揮出，三哥卻好似早就知道，連看都不看，就隨手出了下一招，阿竹面色如土。

在一旁觀看的雲歌，只覺得三哥太無情，阿竹好可憐。三哥一邊和她下圍棋，一邊吃著她做的食物，一邊喝著二哥派人送來的憂曇酒。阿竹卻是不吃不喝地想了將近一天。

可阿竹想出的招式，三哥隨手一個比劃就破解了，雲歌只想大叫，「三哥，你好歹照顧一下人家女孩子的心情！至少假裝想一想再出招。」

比試的最後結果是，當阿竹想了三天的一個招式，又被三哥的隨手一揮就給破了的時候，阿竹認輸。

阿竹認輸後，三哥問阿竹：「妳覺得妳該什麼時候認輸？妳浪費了我多少時間？」

阿竹回道：「十天前，少爺出第四十招時。」

三哥很冷地看著阿竹，「十一天前。妳出第九招時，妳就該認輸。還是因為這次我讓妳先出了第一招，如果我出第一招，妳三招內就輸局已定。」

阿竹呆若木雞地看著三哥。

三哥不再理會阿竹，命雲歌落子。

三哥一邊和雲歌下棋，一邊淡淡說：「臥病在床，也會有意外之獲。與人過招，一般都是見對方招式，判斷自己出什麼。當有豐富的打鬥經驗後，能預先料到對手下面五招內出什麼，就算是入了高手之門，如果能知道十招，就已是高手。可如果能預料到對手的所有招式，甚至讓對手按照自己的想法去出招呢？」

阿竹似明白、非明白地看向三哥和雲歌的棋盤。

三哥又說：「弈招如弈棋，我若布好局，他的招式，我自能算到。『誘』與『逼』。用自己的破綻『誘』對方按照我的心意落子，或其餘諸路都是死路，只暗藏一個生門，『逼』對方按我的心意落子。『誘』、『逼』兼用，那麼我想讓他在何處落子，他都會如我意。他以為破了我的局，卻不知道才剛剛進入我的局。」

雲歌不服，隨手在棋盤上落了一子，「『誘』說起來容易，卻是放羊釣狼，小心羊被狼全吃了，順帶占了羊圈。至於『逼』，你再厲害，也不可能一開始就把諸路封死。」

三哥卻是看著阿竹回答問題：「若連護住羊的些許能耐都沒有，那不叫與人過招，那叫活膩了！碰到高手，真要把諸路封死的確不容易，不過我只需讓對手認為我把諸路都封死。何況……」三哥砰的一聲，手重重敲在了雲歌額頭上，不耐煩地盯著雲歌，「吃飯需要一口吃飽嗎？難道我剛開始不能先留四個生門？他四走一，我留三，他三走一，我留二……」

「……」雲歌揉著額頭，怒瞪著三哥。

雲歌還記得自己後來很鬱悶地問三哥：「我走的棋都已經全在你的預料中了，你還和我下個什麼？」

三哥的回答讓雲歌更加鬱悶：「因為妳比較笨，不管我『誘』還是『逼』，妳都有本事視而不見，一味地按照自己的想法去走，放地盤不要，或直接衝進死門。和妳下棋唯一的樂趣，就是看一個人究竟能有多笨！」

雲歌一臉憤慨，站在一旁的阿竹卻是看著雲歌的落子，若有所悟。

阿竹後來把三哥出的招式，精簡後編成了一套刀法。

這就是被雲歌戲稱為「弈棋十八式」的由來。

雲歌自問沒有能耐，如三哥般在九招內把對手誘導入自己的局，所以只能先出招，主動設局。

阿麗雅抬手做了「請」的姿勢，示意雲歌出招。

雲歌很想如阿竹一般華麗麗的拔刀，可是……

為了不露餡，還是扮已經返璞歸真的高手吧！

雲歌就如一般人一樣拔出了刀，揮出了「弈棋十八式」的第一招：請君入局。

雲歌的招式剛揮出，阿麗雅的眼皮陡然跳了跳，唯一的感覺就是十二分慶幸雲歌很怕死地提出了文鬥。

漫天刀影中。

阿麗雅揚鞭入了雲歌的局。

錯了！

應該說入了雲歌三哥的局。

賽臺上的阿麗雅只覺自己如同進了敵人的十面埋伏。

後招被封，前招不可進。左有狼，右有虎。一招開始慢過一招。

雲歌卻依舊滿臉笑嘻嘻的樣子，輕輕鬆鬆、漫不經心地出著招。

阿麗雅無意間出招的速度已經超過了三滴水的時間，可是她身在局中，只覺殺機森然，根本無暇他顧。

而于安、劉病已、孟玨、殿下的武將，都看得或如痴如醉，或心驚膽寒，只覺得雲歌的招式，一招更比一招精妙，總覺得再難有後繼，可她的下一個招式又讓人既覺得匪夷所思，又想大聲叫好，紛紛全神貫注地等著看雲歌還能有何驚豔之招，根本顧不上輸贏。

阿麗雅被刀意逼得再無去處，只覺得殺意入胸，膽裂心寒。

一聲驚呼，鞭子脫手而去。

只看她臉色慘白，一頭冷汗，身子搖搖欲墜。

大家都還沉浸在這場比試中，全然沒想著喝彩慶祝雲歌的勝利，于安還長嘆了口氣，悵然阿麗雅太不禁打，以致沒有看全雲歌的刀法。

嗜武之人會為了得窺這樣的刀法，明知道死路一條，也會捨命挑戰。現在能站在一旁，毫無驚險的看，簡直天幸。

于安正悵然遺憾，忽想到雲歌就在宣室殿住著，兩隻眼睛才又亮了。

克爾嗒嗒自和孟珏比試後，就一直精神萎靡，對妹子和雲歌的比試也不甚在乎。

雖然後來他已從雲歌的揮刀之中，察覺有異，可是能看到如此精妙的刀法，他也覺得輸得十分心服。

克爾嗒嗒上臺扶了阿麗雅下來，對劉弗陵彎腰行禮，恭敬地說：「尊貴的天朝皇帝，原諒我這個沒有經驗的獵人吧！雄鷹收翅是為了下一次的更高飛翔，健馬臥下是為了下一次的長途奔馳。感謝漢人兄弟的款待，我們會把你們的慷慨英勇傳唱到草原的每一個角落，願我們兩邦的友誼像天山的雪一般聖潔。」

克爾嗒嗒用雙手奉上了他們父王送給劉弗陵的彎刀，劉弗陵拜託他帶給中羌酋領一柄回贈的寶刀、還贈送不少綾羅綢緞、茶葉鹽巴。

劉弗陵又當眾誇讚了劉病已、孟珏的英勇，賜劉病已三百金，孟珏一百金，最後還特意加了句「可堪重用」。對雲歌卻是含含糊糊地夾在劉病已、孟珏的名字後面，一帶而過。

宴席的一齣意外插曲看似皆大歡喜的結束。原本設計的歌舞表演繼續進行。

似乎一切都和剛開始沒有兩樣，但各國使節的態度卻明顯恭敬了許多，說話也更加謹慎小心。

叩謝過皇上恩典，劉病已、孟玨、雲歌沿著臺階緩緩而下。

他們下了臺階，剛想回各自座位，克爾嗒嗒忽然從側廊轉了出來，對孟玨說：「我想和你單獨說幾句話。」

孟玨眼皮都未抬，自顧自行路，「王子請回席。」一副沒有任何興趣和克爾嗒嗒說話的表情。

克爾嗒嗒猶豫了一下，攔在孟玨面前。

「我只想知道你為什麼冒生命之險，饒我性命？」

「我聽不懂王子在說什麼。」說著，孟玨就要繞過克爾嗒嗒。

克爾嗒嗒伸手要攔，看到孟玨冰冷的雙眸，沒有任何感情地看向自己。克爾嗒嗒心內發寒，覺得自己在孟玨眼內像死物，默默放下了胳膊，任由孟玨從他身邊走過。

劉病已和雲歌走過克爾嗒嗒身側時，笑行了一禮。

雲歌腦內思緒翻湧，她的困惑不比克爾嗒嗒王子少。孟玨絕對不會是這樣的人！

可是克爾嗒嗒也不會糊塗到亂說話……

她身後驀然響起克爾嗒嗒的聲音，「孟玨，他日我若為中羌的王，只要你在漢朝為官一日，中羌絕不犯漢朝絲毫。」

劉病已猛地停了腳步，回頭看向克爾嗒嗒，孟玨卻只是身子微頓了頓，就仍繼續向前行去。

克爾嗒嗒對著孟玨的背影說：「你雖然饒了我性命，可那是你我之間的恩怨。我不會用族人的利益來報答個人恩情。我許這個諾言，只因為我是中羌的王子，神賜給我的使命是保護族人，所以我不能把族人送到你面前，任你屠殺。將來你若來草原玩，請記得還有一個欠了你一命的克爾嗒嗒。」克爾嗒嗒說完，對著孟珏的背影行了一禮，轉身大步而去。

孟珏早已走遠，回了自己的座位。

劉病已一臉沉思。

就連雲歌與他道別，他都沒有留意，只隨意點了點頭。

第二十八章 今生來世

在他毫不留戀地轉身時，他已經將她的少女心埋葬。
從此以後，這些都是已死的前世。
她的今生將會……

許平君看到雲歌，滿臉的興奮開心，「雲歌，我要敬妳一杯，要替所有漢家女子謝謝妳。有妳這樣的妹子，姐姐實在太開心了。」

雲歌笑接過酒杯，打趣道：「我看呀！有我這樣的妹子，沒什麼大不了。有大哥那樣的夫君，姐姐才是真開心吧？」

許平君朝劉病已那邊看了一眼，有幾分不好意思，臉上的笑意卻是藏也藏不住。

雲歌夾了一筷子菜，還未送入口，一個宮女端著一杯酒來到她面前，「這是霍小姐敬給姑娘的酒。」

雲歌側眸，霍成君望著她，向她舉了舉手中的酒杯，做了個敬酒的姿勢。

雲歌淡淡一笑，接過宮女手中的酒就要飲，抹茶嚇得忙要奪，「姑娘，別喝。」

雲歌推開了抹茶的手，抹茶又趕著說：「要不奴婢先飲一口。」

雲歌嗔了抹茶一眼，「這酒是敬妳，還是敬我？」說著一仰脖子，將酒一口飲盡。

雲歌朝霍成君將酒杯倒置了一下，以示飲盡，微彎了彎身子，示謝。

霍成君淡淡地看了她一瞬，嫣然一笑，轉過了頭。

雲歌瞥到霍成君唇角的一絲血跡，手中的酒杯忽地千鈞重，險些要掉到地上。

剛才她在殿下，看著殿上的一切，又是什麼滋味？她要緊咬著唇，才能讓自己不出一聲吧！可她此時的嫣然笑意竟看不出一絲勉強。

雲歌心中寒意嗖嗖，霍成君已不是當年那個生氣時，揮著馬鞭就想打人的女子了。

許平君盯一會兒怔怔發呆的雲歌，再偷看一眼淺笑嫣然的霍成君，只覺得滿腦子的不明白。

雲歌不再和孟大哥說話，霍成君見了孟大哥，一臉漠然，好似從未認識過。可是霍成君和雲歌……

孟大哥好像也看到了剛才的一幕，不知道他會是什麼感覺？還有雲歌和皇上的關係……

許平君只覺得有一肚子的話想問雲歌，可礙於雲歌身後的宮女和宦官，卻是一句不能說，只能在肚子裡徘徊。

許平君想到今非昔比，以前兩人可以整天笑鬧，可雲歌現在居於深宮，想見一面都困難重重，若錯過了今日，再見還不知道是什麼時候。雲歌在長安城孤身一人，只有自己和病已是她的親人。

他們若不為雲歌操心，還有誰為雲歌操心？

想到這裡，許平君輕聲對雲歌說：「第一次來皇宮，還不知道下次是什麼時候，雲歌，妳帶我見識一下皇宮吧！」

雲歌微笑著說：「好。」

抹茶在前打著燈籠，雲歌牽著許平君的手離開了宴席。

一路行來，鼓樂人聲漸漸遠去。遠離了宴席的繁華，感受著屬於夜色本來的安靜，許平君竟覺得無比輕鬆。

雲歌笑問：「姐姐以前還羨慕過那些坐在宴席上的夫人小姐，今日自己也成了座上賓，還是皇家最大的盛宴，感覺如何？」

許平君苦笑：「什麼東西都是隔著一段距離看比較美，或者該說什麼東西都是得不到的時候最好。得不到時，想著得不到的好，得到以後，又開始懷念失去的好。這天底下，最不知足的就是人心！」

雲歌哈的一聲，撫掌大笑了出來，「姐姐，妳如今說話，句句都很有味道，令人深思。」

許平君被雲歌的嬌態逗樂，自嘲地笑道：「妳說我這些日子過的，一會兒入地，一會兒上天，人生沉浮，生死轉瞬，大悲大喜，短短幾月內就好似過了人家一輩子的事情，妳還不許我偶有所得？」

雲歌聽許平君說得話外有話，知道她礙於抹茶和富裕，很多話不能說，遂對抹茶和富裕吩咐：「抹茶，今晚的月色很好，不用妳照路了，我看得清。我想和許姐姐單獨說會兒話。」

抹茶和富裕應了聲「是」，靜靜退了下去，只遠遠跟著雲歌。

許平君聽雲歌話說得如此直接，不禁有些擔憂，「雲歌，妳這樣說話，好嗎？若讓皇上知道……」

雲歌笑吐舌頭：「沒事的。就是陵哥哥在這裡，我們姐妹想單獨說話，也可以趕他走。」

許平君呆呆看了一會雲歌，「雲歌，妳……妳和孟大哥……」

雲歌的笑一下黯淡了下來，「我和他已經沒有關係了。姐姐，我們以後不要再提他，好嗎？」

「可是……雲歌，孟大哥雖然和霍小姐來往了一段日子，可是他現在……」

雲歌一下捂住了耳朵，「我不要聽，我不要聽！姐姐，我知道妳和他是好朋友，可是妳若再說他，我就走了。」

許平君無奈，只得說：「好了，我不說他了，我們說說妳的『陵哥哥』，總行吧？」

許平君本以為雲歌會開心一點，卻不料雲歌依然是眉宇緊鎖。

雲歌挽著許平君的胳膊默默走了一段路，方說：「我也不想說他。我們講點開心的事情，好不好？」

許平君道：「雲歌，妳在長安城裡除了我們再無親人，妳既叫我姐姐，那我就是妳姐姐。皇宮是什麼地方？妳人在這裡頭，我就不擔心嗎？有時候夜深人靜時，想到這些事情，想得心都慌。病已的事情、還有妳……我都不明白，我們不是平平常常的老百姓嗎？怎麼就糊裡糊塗全和皇家扯上了關係？真希望全是夢，一覺醒來，妳還在做菜，我還在賣酒。」

「姐姐已經知道大哥的身分了？」

「妳大哥告訴我的。以他的身分，他不想著避嫌，現在居然還去做官，雲歌，妳說我……」許平君的聲音有些哽咽。

雲歌輕嘆了口氣，握住了許平君的肩膀，很認真地說：「姐姐，我知道妳怕皇上會對大哥不利。但是，我可以向妳保證，陵哥哥絕對不是在試探大哥，也不是在給大哥設置陷阱。陵哥哥究竟想要做什麼，我也不是很清楚，但是我相信他絕不會無故傷害大哥。」

許平君怔怔地看著雲歌。這個女孩子和她初識時，大不一樣了。以前的天真稚氣雖已盡去，眉梢眼角添了愁緒和心事，可她眼內的真誠、坦蕩依舊和以前一樣。

許平君點了點頭，「我相信妳。」

雲歌微笑：「姐姐更要相信大哥。大哥是個極聰明的人，行事自有分寸，不會拿自己和家人的性命開玩笑。」

許平君笑了笑，憂愁雖未盡去，但的確放心了許多，「難怪孟……雲歌，我都要嫉妒皇上了，雖然我們認識這麼久，但我看妳心中最信任的人倒是皇上。」

雲歌的笑容有苦澀，「姐姐，不用擔心我。我很小時就認識陵哥哥了，只是因為一點……誤會，一直不知道他是漢朝的皇帝。所以我在宮裡住著，很安全，他不會傷害我的。」

「可是……今天晚上倒也不算白來，見到了上官皇后，回去可以和我娘吹噓了。雲歌，妳會一直住下去嗎？妳會開心嗎？」

雲歌聽到許平君特意提起上官皇后，靜靜走了一會兒，方輕聲說：「我和陵哥哥有約定，一年後，我可以離去。」

許平君只覺得皇上和雲歌之間，是她無法理解的。雲歌對皇上的感情似乎極深，卻又似乎極遠；而皇上又究竟如何看雲歌？若說喜歡，為什麼還會讓她走？若說不喜歡，卻又對雲歌如此小心體貼？

雲歌丟開了這些不開心的事情，笑問：「許姐姐，妳娘知道大哥的身分了嗎？現在可真正應驗當初算的命了。」

許平君想到她娘若有一日知道劉病已身分時的臉色，也笑了出來，「我可不敢和她說。她如今可高興得意著呢！逢人就吹牛說女婿得了皇差，日日跟著霍大司馬辦事，當時我生孩子坐月子時，她都沒怎麼來看過我，這段日子倒是常常上門來幫我帶虎兒，還時不時地拿些雞蛋過來。她若知道了真相，只怕要掐著我的脖子，逼我把吃下的雞蛋都給她吐出來，再立即給病已寫封『休書』，最好我也申明和她並無母女關係。」一邊說著，許平君還做了個她娘掐著她脖子，搖著她，逼她吐雞蛋的動作。

雲歌被逗得直笑，「伯母也很好玩了，她這般直接的心思雖然會讓人難堪，其實倒是好相處。」

許平君頷首同意，「是啊！經歷的事情多了，有時候看我娘，倒是覺得她老人家十分可愛。以前看我娘那樣對病已，病已卻總是笑嘻嘻的，見了我娘依舊伯母長、伯母短，絲毫不管我娘的臉色，那時我還常常擔心病已是不是心裡藏著不痛快，現在才明白，我娘這樣的人實在太好應付了，哪裡值得往心裡去？唉！我如今是不是也算胸有丘壑、心思深沉了？」

雲歌笑著沒有說話，算是默認了許平君的問題。

雲歌和許平君沿著前殿側面的青石道，邊走邊聊邊逛，不知不覺中到了滄河。雲歌說：「那邊有我用冰鑄的一個高臺，很好玩。雖然姐姐對玩沒什麼興趣，不過從那裡應該能俯瞰現在前殿的盛宴，還是值得過去看一看。」

拋開之前被人戲弄的不快，前殿的繁華、綺麗其實很讓許平君驚嘆，只是一直緊張地不敢細看。聽聞可以俯瞰百官盛宴，許平君忙催雲歌帶她去。

兩人沿著雲梯攀援而上。抹茶和富裕知道上面地方有限，何況許平君和雲歌兩人聊興正濃，肯定不想他們打擾，所以守在了底下。

許平君站到高處，只見萬盞燈火，熠熠閃爍，人影歌舞，綽約生姿，宛如蓬萊仙境。

因為隔得遠，只能偶爾順著風勢，聽到若有若無的絲竹鐘磬聲，更讓人添了一重曼妙的聯想。

兩人置身空曠的滄河上，頭頂是青黛天空，對面是蓬萊仙境，只覺得目眩神迷，不知身在何處。

雲歌忽聽到身後窸窸窣窣的聲音，還以為是抹茶，笑著回頭：「妳也上來了？快過來看，像仙境一樣美麗。」卻是兩個不認識的男子，隔著一段距離，已經聞到刺鼻的酒氣。雲歌立即叫道：「抹茶，富裕！」

底下無人回答，她的聲音被死寂的夜色吞沒。

雲歌立即催許平君坐下，「姐姐，快點坐下，沿著這個滑道滑下去。」

許平君看到那兩個男子，知道事情不對，忙依照雲歌的話，趕緊坐下，卻看到距離地面如此高，遲疑著不敢滑下。

當先而上的男子，一副公子打扮，看到雲歌，眼睛一亮，笑著來抓雲歌，「馮子都倒是沒有哄我，果然是個美人！」

另一個男子伸手去拽許平君，「小乖乖，想跑，可沒那麼容易。」

雲歌在許平君背上踢了一腳，將她踢下去。可許平君的身子剛落下一半，就被大漢抓住了胳膊，吊在半空，上不得，下不去。許平君也是極硬氣的人，一邊高聲呼救，一邊毫不示弱地用另一隻手去抓打那個漢子。大漢一個疏忽，臉上就被許平君抓了幾道血痕。大漢本就是粗人，又是個殺人如砍柴的軍人，怒氣夾著酒氣沖頭，手下立即沒了輕重，抓著許平君的胳膊猛地一揮，「啪」的一聲響，許平君被他甩打在冰柱上。

只聽得幾聲非常清楚的「喀嚓」，許平君的胳膊已經摔斷，胸骨也受傷，巨痛下，許平君立即昏了過去。

雲歌本想藉著小巧功夫拖延時間，一邊和男子纏鬥，一邊呼救，等許平君滑下後，她也立即逃生。不料許平君被大漢抓住，她的打算落空。

雲歌看到許平君無聲無息的樣子，不知她是死是活，心內驚痛，卻知道此時不可亂了方寸，厲聲喝問：「你們可知我是誰？就不怕滅族之禍嗎？」

雲歌對面的男子笑道：「妳是宮女，還是個很美麗的宮女，不過妳的主子已經把妳賞給我了。」說著左手一掌擊出，逼雲歌向右，右手去抱雲歌。卻不料雲歌忽地蹲下，他不但沒有抓到雲歌，反被雲歌掃了一腳。他功夫不弱，可是已有五分醉意，本就立腳不穩，被雲歌踢到，身子一個踉蹌，掌上的力道失了控制，將臺子左側的欄杆擊成了粉碎。

雲歌看到那個抓著許平君的大漢搖了搖許平君，看許平君沒有反應，似想把許平君扔下高臺，雲歌駭得臉色慘白，叫道：「我是皇上的妃子，哪個主子敢把我賞人？你若傷了那個女子，我要你們九族全滅，不，十族！」

漢子雖然已經醉得糊塗了，可聽到雲歌那句「我是皇上的妃子」，也是驚出了一身冷汗，拎著許平君呆呆站在臺上，不知所措。

雲歌面前的男子呆了一呆，笑起來，「假冒皇妃，可也是滅族的大禍。除了皇后，我可沒聽說皇上還封過哪位妃子。」一邊說著，一邊腳下不停地逼了過來。

那個莽漢雖沒完全聽懂男子說什麼，可看男子的動作，知道雲歌說的是假話，呵呵一笑，「小丫頭片子，膽子倒……倒挺大，還敢騙妳爺爺？」說著，就把許平君扔了出去，想幫男子來抓雲歌。許平君的身子如落葉一般墜下高臺，雲歌心膽俱裂，淒厲的慘呼，「許姐姐！」

孟玨瞥到雲歌和許平君離席，心思微動，也避席而出。

雲歌在宮內來往自如，可孟珏一路行來卻需要迴避侍衛，和暗中保護雲歌的宦官，所以只能遠遠隨著她。

幸好看雲歌所行的方向是去往滄河，那裡十分清靜，只偶爾有巡邏經過的侍衛，孟珏再不著急，決定繞道而去。

在屋簷廊柱的暗影中穿繞而行，突然一個人擋在了孟珏身前。

孟珏手中蓄力，看清是劉病已，又鬆了勁，「讓開。」

劉病已未讓路。

「百姓心中正氣凜然的諫議大夫不顧國法禮儀，私會皇上殿前侍女，霍光若知道了，定會十分高興，送上門的一石二鳥。」

孟珏冷哼一聲：「那也要霍光的耳目有命去回稟。我的事情，不用你操心！」語畢，揚手揮掌想逼開劉病已。

劉病已身形不動，一邊與孟珏快速過招，一邊說：「雲歌現在的處境十分危險。你就不為她考慮嗎？」

孟珏招式凌厲，微笑著說：「這是皇上該考慮的問題，他既有本事留，就該有本事護。」

兩人仍在纏鬥，在隱隱的鼓樂聲中，突然遙遙傳來一聲淒厲的慘呼「許姐姐」。

孟珏和劉病已聞聲，同時收掌，縱身向前，再顧不上掩藏身形，只想用最快的速度趕到滄河。

兩人未行多久，就有侍衛呵斥：「站住！」

劉病已身形稍慢，匆匆解釋：「大人，在下乃朝中官員，聽到有人呼救……」

孟玨卻是身形絲毫未停，仍快速而行。

暗處出現很多侍衛，想要攔截住孟玨。孟玨立即和他們打了起來。

孟玨幾招內就將一個侍衛斃於掌下，侍衛叫道：「你身著我朝官服，私闖宮廷，還殺宮廷侍衛，難道想謀反嗎？」

孟玨隨手取過已死侍衛手中的劍，直接一劍刺向了說話的侍衛。

劍芒閃動間，說話的侍衛咽喉上已經多了一個血洞，大瞪著不相信的眼睛倒了下去。

孟玨冷笑：「想謀反的恐怕是你們。病已，我去救人，你立即回去找于安，通知皇上。」

滄河附近幾時需要這麼多侍衛看護了？

雲歌的慘呼，他和孟玨隔著那麼遠都已經隱隱聽到，這幫侍衛守在滄河附近，卻一無反應！

劉病已本想著他們出現後，這幫侍衛能有所忌憚，趁勢收手，他也就裝個不知道，彼此都順臺階下，卻不料這些侍衛毫無顧忌。

他知道今晚此事危險萬分，對孟玨說了一聲「平君就拜託你了」，迅速轉身，從反方向突圍。

「許姐姐！」

雲歌慘叫中，想都沒有多想，就朝許平君撲了過去，只想拽住許平君。

先飛燕點水，再嫦娥攬月，最後一個倒掛金鐘。

雲歌這輩子第一次把武功融會貫通得如此好，終是沒有遲一步，雙手堪堪握住了許平君的雙手，雙腳倒掛在了臺子右側的欄杆上。

欄杆只是幾根冰柱，先前男子一掌擊碎了左面欄杆時，右面的欄杆已經有了裂紋，此時再受到雲歌的撞擊和墜壓，已經可以清楚地聽到冰柱斷裂的聲音。

上有敵人，下是死地，竟然沒有活路可走，雲歌一瞬間，深恨自己怎麼想起來建造這個東西。

男子聽到冰柱斷裂的聲音，如看已入網的魚，不再著急，笑道：「果然是個帶刺的玫瑰。妳若叫我幾聲『哥哥』，我就救妳上來。」

雲歌此時因為身體倒掛，所以能清楚地看到高臺下的情形，竟然看到臺子還有滑道底下布滿了裂痕，甚至碎洞，而且迅速擴大中。架在臺子一旁的雲梯也早就不見。

整個「冰龍」縱使受到他們打鬥的衝擊，卻絕對不可能斷裂得如此快。只有一個可能，就是剛才他們在上面纏鬥時，有人在底下已經破壞了整個冰龍。

雲歌冷笑：「馬上要見閻王了，還色心不減，真是其志可讚，其勇可嘉，其愚可嘆！」

她打量了一眼那個已經碎裂得馬上就要倒塌的滑道，想著如果把許平君扔過去。許平君的身子就會落在滑道上，即使滑道開始倒塌，那她也是順著滑道邊滑邊墜，藉著滑道，她下墜之力應該能化解部分，活命的機會也許還有一半。

不過，雲歌此時全身的著力點都在腳上，她若想使力把許平君扔過去，必定會使腳上的墜力加大，那麼她勾著的欄杆很有可能會受力碎裂。

雲歌看著底下的冰面，有些眼暈，摔死是什麼滋味？肯定不太好看吧！可是……

她不想死，她想活著，還有許多事情……
聽到冰層斷裂的聲音越來越急促，她猛地下了決心，能活一個是一個！
何況此事是她拖累了許平君，許平君受的乃是無妄之災。
正想使力，雲歌突然瞥到一個極其熟悉的人在冰面上飛快地掠過來。他身後還有十來個禁軍侍衛試圖阻擋，想要捉拿住他。
只看到他原本齊整的衣袍上，竟是血跡斑斑。
雲歌有些恍惚，最後一面見到的竟是他嗎？倒有些分不清是悲是喜。
孟珏看到雲歌和許平君懸在高臺邊緣，搖搖欲墜，心如炭焚，叫道：「雲歌，等我，我馬上就到！」
等他？
等到了又能如何？
此時已是大廈將傾，非人力能挽救了。
雲歌感覺到腳上的冰柱在碎裂，遙遙地深看了一眼孟珏，雙臂用力，身子如秋千一般盪悠起來，待盪到最高點，猛地將許平君朝側方的滑道扔了出去。
隨著許平君的飛出，掛腳的冰柱斷裂，雲歌身子驀地下墜。
一直緊盯著她的孟珏，身形頓時一僵，臉色慘厲的白，驀然大叫一聲「雲歌」，手中劍鋒過處，鮮血一片，在紛紛揚揚的血霧中，孟珏若飛箭一般疾馳向龍臺。
雲歌穿的裙子，下襬寬大，裙裾隨風飄揚，當雲歌盪到最高處，突然墜下時，高臺上殘餘的欄杆勾住了裙裾，雲歌下墜的身形又緩緩止住。可是斷裂的欄杆參差不齊，有的地方尖銳如刀刃，絹帛在墜力下一點點撕裂，在絹帛撕裂的聲音中，雲歌的身子一點點下落。

就在這時，似從極遠處，傳來另一個人的呼聲，「雲歌——」

雲歌嘆息，陵哥哥，你不該來的！我不想你看見我的醜樣。

雲歌下方的孟玨卻是面容平靜，眼內翻捲著墨般漆黑的巨浪，他甚至微微笑著，看向了雲歌，揚聲說道：「我絕不會讓妳死！」

這一刻，雲歌覺得她不再怨恨孟玨。孟玨固然帶給她很多痛苦，可他也給了她許多快樂。那些生命中曾經歷的快樂，不能因為後來的痛苦就否認和抹殺，她的生命畢竟因他而絢爛過。

雲歌凝視著孟玨，對他微笑。

笑意盈盈，一如最初的相逢。

孟玨叫：「雲歌。」

雲歌卻沒有再看他，而是望向了遠處的那抹人影，眷念中是心疼。

在這一刻，自己的心分外清明，生命的最後一瞬，她只想看著他，她的遺憾也全是為他。

陵哥哥，不要再深夜臨欄獨站，不要再看星星，不要再記得我……

原來自己竟是這般捨不得，淚意從心中蔓延到眼中。

一顆，一顆，又一顆……

眷念，不捨，後悔，遺憾。

原來自己竟蹉跎了那麼多共聚的時光。

人世間可真有來世？若真有來世，她一定會多幾分義無反顧……

掛在冰稜上的裙裾完全撕裂，雲歌若隕落的星辰一般墜向地面。

就在這時，「轟隆」幾聲巨響，整座「冰龍」也開始從頂坍塌，大如磨盤，小如飛雪的冰塊四散而裂，宛如雪崩一般，震天動地地開始砸落。

雲歌望著劉弗陵，慢慢閉上了眼睛，珠淚紛紛，任由生命中最奢侈的飛翔帶她離去。

雲歌雖然把許平君扔到了滑道上，可有一點是她沒有考慮到的。

當龍身倒塌時，會有斷裂成各種形狀的冰塊砸落。許平君因為有龍身的緩衝，墜落的速度遠遠慢於冰塊墜落的速度，這正是雲歌所想到可以救許平君命的原因，此時卻也成了要許平君命的原因。

墜下的冰塊，有的尖銳如刀劍，有的巨大如磨盤，倘若被任何一塊砸中，已經受傷的許平君必死無疑。

左邊——

雲歌若秋後離枝的楓葉，一身燃燒的紅衣在白雪中翩翩飛舞，舞姿的終點卻是死亡。

右邊——

許平君一襲柔嫩的黃裳，若雪中春花，可嬌嫩的花色隨時會被刺穿身體的冰塊染成緋紅。

而劉病已和劉弗陵仍在遠處。

說時遲，那時快，孟珏仰頭深看一眼雲歌，判斷一下時間後，視線又立即掃向許平君。他視線游移，手下卻一刻未閒，左手掌勢如虹，右手劍刃如電，觸者即亡。同時間，孟珏足尖用力，將腳下的屍體踢向許平君，一個差點打到許平君的冰劍刺中屍體，改變了落下的角度，斜斜從許平君身側落下。

又一個侍衛，不一樣的動作，一樣的鮮血。

屍體又準確地撞開了一個即將撞到許平君的冰塊。

再一個侍衛，再一次鮮血的噴濺……

在一次次揮劍中，孟珏抬眸看向雲歌。

雲歌墜落的身姿很是曼妙，衣袂飄揚，青絲飛舞，像一隻美麗的蝶。

在蝴蝶翩飛的身影中，孟珏的眼前閃過弟弟離去時的眷念，母親死時的不能瞑目，驚聞二哥死訊時的錐心之痛……

他絕不會再承受一次親愛之人的生命在他眼前遠離，即使化身閻羅，也要留住他們。

劍刃輕輕滑過，鮮血灑灑飛揚。

此時，雲歌已經落下一大半距離，孟珏估忖了雲歌的速度，抓起一具屍體，以一個巧妙的角度，避開雲歌的要害，將手中的屍體擲向雲歌，同時腳下用力，將另一具屍體踢向許平君的方向。

「砰！」猛烈的撞擊。

雲歌「啊」一聲慘呼，嘴角沁出血絲，下墜的速度卻明顯慢了下來。

孟珏的手微有些抖，卻緊抿著唇，毫不遲疑地又將一具屍體，換了角度，擲向雲歌。雲歌想是已暈厥過去，只看到她唇邊的血越來越多，人卻是再未發出聲音。

許平君已經摔到地上，沿著冰面滑出一段距離後，停了下來。雲歌則以恍若剛掉落的速度，緩緩下落。

武功最高的于安剛剛趕到，孟珏叫道：「扔我上去。」

于安看到孟珏剛才所為，猜到孟珏的用意，抓起孟珏，用足掌力送他出去。

孟珏在空中接住了雲歌，以自己的身體為墊，抱著她一塊掉向了地面。

于安又隨手抓起剛趕到的七喜，朝孟珏扔過去。七喜在空中與孟珏對了一掌，孟珏藉著七喜的掌力化解了墜勢，毫髮無損地抱著雲歌落在冰面上。

孟珏一站穩，立即查探雲歌的傷勢。雖然已是避開要害，可高速相撞，衝力極大，雲歌的五臟六腑都已受創。別的都還好，只是因為上次受的劍傷，雲歌的肺脈本就落了隱疾，這次又……

孟珏皺眉，只能日後慢慢想法子，所幸這條命終是保住了。

孟珏一邊用袖拭去雲歌唇畔的血，一邊在她耳邊低喃，「我不許妳死，妳就要好好活著。」

劉病已握著長劍衝過來時，衣袍上也是血跡點點。面上雖是喜怒未顯，可當他從冰屑堆中抱起許平君時，手上的青筋卻直跳。

許平君的胳膊、腿骨都已折斷，所幸鼻息仍在，劉病已大叫：「太醫！」

張太醫查過脈息後，忙道：「劉大人請放心。雖五臟有損，骨折多處，但沒有性命之憂。」

劉弗陵面色慘白地看著躺於孟珏懷中的雲歌，竟是一句話都說不出來。

孟珏抬頭看向他，溫和而譏諷的笑，「皇上留下了她，可是能保護她嗎？」

于安斥道：「孟大人，你驚嚇過度，恐有些神智不清，還是早些回府靜養吧！」

孟珏微微笑著，低下了頭，小心翼翼地將雲歌放到剛備好的竹榻上，對劉弗陵磕了個頭後，起身而去。

于安盯著孟珏的背影，心生寒意，此人行事的機變、狠辣都是罕見。這樣一個人，若能為皇上所用，那就是皇上手中的利劍，可若不能呢？

劉病已來和劉弗陵請退，于安忙吩咐七喜去備最好的馬車，安穩地送劉病已和許平君回去。

劉病已顧慮到許平君的傷勢，沒有推辭，向劉弗陵磕頭謝恩。

劉弗陵抬手讓他起來：「夫人之傷是因為朕的疏忽和……」

劉病已道：「皇上此時的自責和無力，臣能體會一二。容臣說句大膽的話，皇上只是人，而非神。如今的局勢更是幾十年來積累而成，自然也非短時間內可以扭轉，皇上已經做到最好，無謂再苛責自己。」

劉病已說完後，又給劉弗陵磕了個頭，隨著抬許平君的小宦官而去。

不愧是皇帝用的馬車，出宮後，一路小跑，卻感受不到絲毫顛簸。

聽到駕車的宦官說「孟大人在前面」，劉病已連忙掀簾，看到孟珏一人走在黑暗中，衣袍上血跡淋漓。

劉病已命宦官慢了車速，「孟玨。」

孟玨沒有理會，劉病已道：「你這個樣子被巡夜士兵看到，如何解釋？」

孟玨看了劉病已一眼，默默上了馬車。

馬車內，許平君安靜地躺著。

劉病已和孟玨默然相對。

劉病已發覺孟玨先前脖上的傷，因為剛才的打鬥，又開始流血，「你的脖子在流血。」匆匆拿了塊白綾，幫孟玨重新裹傷口。

孟玨不甚在意，隨手拿了一瓶藥粉，隨意拍在傷口上，他看著重傷昏迷的許平君，「你打算怎麼辦？」

劉病已替孟玨包好傷處後，拿了塊白絹擦去手上的血，平靜地說：「徐圖之。」

孟玨彎身查探許平君的傷勢，劉病已忙將張太醫開的方子遞給他，孟玨看過後說：「張太醫的醫術很好，這方子的用藥雖有些太謹慎了。不過謹慎有謹慎的好處，就按這個來吧！我回去後，會命三月把藥送到你家，她略懂一點醫理，讓她住到雲歌原先住的地方，就近照顧一下平君。」

許平君行動不便，的確需要一個人照顧。

劉病已現在不比以前，公事纏身，不可能留在家中照顧許平君。

如今錢是有，可匆忙間很難找到信賴妥帖的丫鬟，所以劉病已未推辭，只拱了拱手，「多謝。」

孟玨檢查過張太醫替許平君的接骨包紮，覺得也十分妥貼，「我會每日抽空去你家看一下平君的傷勢。」

查看完許平君，孟珏坐回了原處，兩人之間又沉默下來。

沉默了一會兒，劉病已含笑問：「你為什麼未取克爾嗒嗒的性命？你認識羌族的人嗎？還是你母親是……」

孟珏沉默著，沒有回答。

劉病已忙道：「你若不願回答，全當我沒有問過。」

「先帝末年，西羌發兵十萬攻打漢朝，我當時正好在枹罕。」孟珏說了一句，停了下來，思緒似回到了過往。

劉病已說：「當時我已記事，對這件事情也有印象。西羌十萬人進攻令居、安故，匈奴則進攻五原，兩軍會合後，合圍枹罕，先帝派將軍李息、郎中令徐自為率軍十萬反擊。最後漢人雖勝，卻是慘勝，十萬士兵損失了一大半。」

孟珏垂目微笑，「士兵十萬折損一大半，你可知道百姓死了多少？」

劉病已啞然，每一次戰役，上位者統計的都是士兵的死亡人數，而百姓……

「西羌和匈奴的馬蹄過處，都是實行堅壁清野政策，所有漢人，不論男女老幼全部殺光，令居、安故一帶近成空城。好不容易等大漢軍隊到了，李息將軍卻想利用枹罕拖住西羌主力，從側面分散擊破西羌大軍，所以遲遲不肯發兵救枹罕。枹罕城破時，憤怒的羌人因為損失慘重，將怨氣全發洩在了百姓身上。男子不管年齡大小，一律被梟首，女子年老的被砍首，年輕的死前還會被剝衣輪姦，連孕婦都不能倖免，剛出生的嬰兒被人從馬上摔下……」孟珏頓了好一會，方淡淡說：「人間地獄不過如此。」

在孟珏平淡的語氣下，劉病已卻只覺得自己鼻端充斥著濃重的血腥氣，他握住了拳頭，咬牙說：「羌人可恨！」

孟珏唇角有模糊的笑意，似嘲似憐，「羌人也深恨漢人。漢人勝利後，為了消滅羌人的戰鬥力，先零、封養、牢姐三地，十二歲以上的羌人男子全部被漢人屠殺乾淨。那年冬天，我走過先零時，到處都是女子、老人、幼兒餓死的屍體。漢人雖然秉持教化，未殺老人、婦女、幼兒，可失去了壯年勞動力，很多人都挨不過寒冷的冬天。」

劉病已想說什麼，卻說不出來。漢人並沒有做錯。先帝垂危，內亂頻生，當時的漢朝還有能力應付再一次的大舉進攻嗎？如果不那樣對付羌人，死的就會是漢人。

劉病已嘆氣，「一場戰爭，也許從百姓的角度看，沒有什麼真正的勝利者。有的只是家破人亡、白髮人送黑髮人。」

孟珏沒有說話，只淡淡的微笑著。

以前，劉病已從孟珏的微笑中看到的是漠然，甚至冷酷。可現在，他在孟珏的漠然、冷酷下看到了歷經一切的無可奈何，還有孟珏不願意承認的悲憫。

如果孟珏的劍刺入中羌王子的心臟，驍勇好鬥的羌人豈能不報仇？那麼孟珏曾親眼目睹過的人間地獄就會重現，會有多少人死，二十萬？三十萬？又會有多少座城池變為人間地獄……

孟珏終是把劍尖下壓，避開了克爾嗒嗒的心臟。也許孟珏自己都鄙夷自己的選擇，可他畢竟是做了這樣的決定。

克爾嗒嗒是個聰明人，短短一瞬，他看到了很多東西。孟玨雖然不想看到戰爭，可戰爭如果真的爆發，孟玨為了沒有下一次的戰役，屠殺的絕對不會只是羌族十二歲以上的青壯男子。

大司馬大將軍府。

霍山、霍雲跪在地上，霍禹趴在柳凳上，兩個家丁正在杖打霍禹。

霍禹緊咬牙關，一聲不吭。

霍光冷眼看著兩個家丁，在他的注視下，兩人手下一點不敢省力，每一下都是掄足了力氣打。很快，霍禹的後臀上已經猩紅一片。

霍夫人在屋外，哭天搶地，「老爺，老爺，你若打死他，我也不用活了……」並且掙扎著想進入屋內。

攔在門外的家丁卻是緊守著房門，不許霍夫人進入。

霍成君眼中噙淚，拉住母親的胳膊，想勸一勸母親，「父親正在氣頭上，娘越哭只會越發激怒父親。」

可沒料想，母親轉手一巴掌，甩在她臉上，「我早說過不許妳和孟玨來往，妳不聽。妳看看，妳惹出來的禍事，妳哥哥若有個長短，我只恨我為什麼要生了妳……」

霍成君踉蹌幾步，險些摔到地上，丫頭小青忙扶住了她。

霍成君從小到大，因為有父親的寵愛，幾乎連重話都未曾受過，可自從孟珏……母親就沒給過她好臉色，哥哥也是冷嘲熱諷。

那個人前一日，還陪著她去買胭脂，還溫情款款地扶著她下馬車，卻一轉眼就毫不留情地把她推下了深淵。

內心的痛苦悽楚讓她夜夜不能入睡，五臟六腑都痛得抽搐，可她連哭都不能。因為這些事情都是她活該，都是她自找的。

怔怔看著捶胸頓足哭泣的母親，霍成君眼內卻是一滴眼淚都沒有。

霍山、霍雲看霍禹已經暈過去，霍光卻仍視線冰冷，一言不發，兩個家丁也不敢停，只能一面流著冷汗，一面鼓足力氣打下去。

霍山、霍雲磕頭哭求，「伯伯，伯伯，都是侄兒的錯，我們知道錯了，求伯伯責打侄兒。」

霍夫人聽到霍山、霍雲的哭音，知道霍禹若再被打下去，只怕不死，也要半殘。霍夫人哀嚎著用頭去撞門，「老爺，老爺，求求你，求求你，我求求你……」

霍成君推開小青的手，掃了眼立著的僕役，「攙扶夫人回房休息。」

僕役遲疑未動，霍成君微笑：「聽不到我說什麼嗎？都想收拾包裹回家嗎？」

霍成君說話的表情竟與霍光有幾分神似，微笑溫和下是胸有成竹的冷漠，僕役心內打了個寒戰，幾人上前去拖霍夫人。霍夫人額頭流血，大罵大鬧，僕役們在霍成君視線的逼迫下，強行將霍夫人拖走了。

霍成君上前拍了拍門，「爹，是成君。女兒有幾句話要說。」

霍光心中視霍成君與其他兒女不同，聽到她平靜無波的聲音，心中竟有一絲欣慰，抬了抬手，示意奴僕打開門。

看到霍成君腫著的半邊臉，霍光心頭瞬時掠過對霍夫人的厭惡，「成君，先讓丫鬟幫妳敷一下臉……」

霍成君跪到霍光面前，「爹爹，請命非霍姓的人都退出去。」

兩個執杖的僕役立即看向霍光，霍光凝視著霍成君微點了點頭。屋內所有僕人立即退出屋子，將門關好。

霍山、霍雲呆呆地看著霍成君，他們百般哭求，都沒有用，不知道霍成君能有什麼言語讓霍光消氣。

霍成君仰頭望著父親，「大哥所做也許有考慮不周之處，但並無絲毫錯，爹爹的過分責打豈能讓我們心服？」

霍山、霍雲忙喝道：「成君！」又急急對霍光說：「叔叔……」

霍光盯了他們一眼，示意他們閉嘴，冷聲問霍成君：「妳怎麼個不能心服？」

「一，霍氏處於今天的位置，只有依附於太子，方可保家族未來安寧，否則不但皇上，就是將來的太子都會想削弱霍氏，或者除去霍氏。雲歌得寵於皇上，若先誕下龍子，即使她出身微寒，有衛子夫的先例，得封皇后也不是不可能。上官皇后一旦被廢，如同斷去霍氏一臂。大哥想除去雲歌，何錯之有？二，若雲歌所出的大皇子被封為太子，百官人心所向，天下認可，霍氏的死機立現。大哥今晚所做，是為了保護整個家族的安寧，何錯之有？三，皇上遲遲不與皇后圓房，今日國宴，皇后卻只能坐於側位，皇上虛位在待誰？皇上當著天下人的面重重搧了霍氏一耳光，若我們只是沉默，那麼朝堂百官欺軟怕硬，以後折騰出來的事情，絕對有得我們看。不說別的，只這後宮的女人，就會源源不絕。我們能擋掉一個、兩個，可我們能擋掉所有嗎？大哥今晚回敬了皇上一個響亮的巴掌，讓皇上和百官都知道，虎鬚不可輕捋，何錯之有？四，大哥處事周到，兩個意欲侵犯雲歌的人已經當場摔死。從侍衛處查，只能追查到是馮子都下命，馮子都和孟珏的過節天下盡知，他想對付孟珏的舊日情人，很合情理。女兒推測，馮子都現在應該已經『畏罪自盡』了，那麼更是查無可查。皇上就是心中知道是霍氏所為，無憑無證，他又能如何？難道他敢為了一個宮女對爹爹發難？不怕昏庸失德、棄失忠良的千世罵名嗎？就算他不想當賢君，可也要顧慮君逼臣反！」霍成君語意森森，言談間，早讓人忘了她不過是個未滿雙十的少女。

霍光冷笑：「我的計畫全被禹兒的莽行打亂，現在依照妳這番說辭，他竟是全都做對了？」

「大哥當然有錯，錯就錯在既然出手，就不該落空。大哥選在今晚除掉雲歌，不管天時、地利都十分好，可他太我行我素。大哥應該知會爹一聲，讓爹幫他將宴席上的人都穩在前殿，不許任何人隨意離開，也不許任何人隨意將消息傳入。倘若如此，那麼現在大哥就不是在這裡挨打，而是坐於家宴上接受弟弟妹妹的敬酒。但大哥的錯，爹爹應占一半。大哥若知道爹爹肯支持他除掉雲歌，他怎麼會不通知爹爹？大哥正是猜不透爹爹的心思，才會自作主張。」

霍光一言不發。

屋內是「風雨欲來」的壓人沉默。

霍成君卻只是靜靜地望著霍光，目光沒有絲毫閃躲與畏懼。

霍山和霍雲心中對這個從小看到大的妹子有了幾分極異樣的感覺，敬中竟生了畏。

好一會兒後，霍光對霍山、霍雲吩咐：「叫人進來抬妳大哥回房療傷。」

霍山、霍雲暗鬆口氣，忙磕頭應是。

等僕人把霍禹抬走，霍光讓跪在地上的霍成君、霍山、霍雲都起來。霍山、霍雲小心翼翼地挨坐到席上。

霍成君三言兩語化解了父親的怒氣、救了大哥，卻是半絲喜色也沒有，人坐到席上，竟有些恍恍惚惚的傷悲樣子。

霍光對霍山、霍雲：「如成君所猜，我已經命人把此事處理周全，皇上肯定查無可查。可以後如何是好？你們先說說你們的想法。」

霍山和霍雲對視了一眼，片刻之後，霍雲道：「這次的事肯定會讓皇上全力戒備，以後想再對雲歌下手，困難重重，只怕不是短時間內能做到的。若雲歌在兩三個月內有了身孕，那……」霍雲嘆了口氣，接著說：「畢竟侍衛只是守宮廷門戶，並不能隨意在後宮出入，宦官又全是于安的人。宮內的宮女雖有我們的人，可都是只會聽命行事的奴才，並無獨當一面的人才。皇后快要十四歲了，按理說已經可以獨掌後宮，可她卻對這些事情一點不關心。否則內有皇后，外有我們，皇上即使寵幸幾次別的女人，也斷無可能讓他人先誕下皇子。」

霍光嘆氣，霍雲的話說到了點子上。小妹雖然是皇后，可對霍氏來說，如今只是面子上的一個粉飾，沒有任何實際幫助。小妹頂著皇后的頭銜，本該能讓霍氏透過她的手執掌後宮，但如今霍氏卻對後宮無可奈何。

霍光心中雖別有想法，可是成君她……

這個女兒與別的兒女不同，勉強的結果只怕會事與願違。

霍成君沒有任何表情地說：「爹爹，女兒願意進宮。」

霍山、霍雲先驚、後喜，尋求確定地問：「妹妹的意思是……」

霍成君迎著霍光探問的視線，擠出了一個笑。

她腦海中閃過無數畫面。

幼時與女伴嬉鬧，玩嫁娶遊戲時，她自信滿滿地說：「我的夫君將來必是人中之龍。」

與孟玨初次相遇時的驚喜，再次相逢……

她的羞澀，她的歡喜。

和孟玨並轡騎馬，他曾體貼地扶她上馬。

他為她撫琴，兩人眼眸相觸時的微笑。

她為他端上親手所做的糕點時，他曾讚過好吃。

他曾溫柔地為她摘過花。

月下漫步，兩人也曾朗聲而笑。

第一次執手，第一次擁抱，第一次親吻……

那顆如鹿跳的心，若知道今日，當日可還會義無反顧的淪陷？

在他毫不留戀的轉身時，他已經將她的少女心埋葬。

從此以後，這些都是已死的前世。

她的今生將會……

霍成君的笑容雖然微弱，眼神卻是決裂後的堅強，「爹爹，女兒願意進宮，替霍氏掌管後宮。」

——雲中歌〔卷三〕相劫今生諾　卷終

雲中歌

卷三 相劫今生諾

茶蘼坊 15

作　　者　桐　華

總 編 輯　張瑩瑩
副總編輯　蔡麗真

責任編輯　吳季倫
校　　對　仙境工作室
美術設計　yuying
封面設計　周家瑤
行銷企畫　黃煜智、黃怡婷

社　　長　郭重興
發行人兼出版總監　曾大福
出　　版　野人文化股份有限公司
發　　行　遠足文化事業股份有限公司
地址：231新北市新店區民權路108-2號9樓
電話：（02）2218-1417　傳真：（02）8667-1065
電子信箱：service@bookrep.com.tw
網址：www.bookrep.com.tw
郵撥帳號：19504465遠足文化事業股份有限公司
客服專線：0800-221-029
法律顧問　華洋法律事務所 蘇文生律師
印　　製　成陽印刷股份有限公司
初　　版　2012年1月　初版3刷　2014年6月

定　　價　220元
ISBN　978-986-6158-67-4

國家圖書館出版品預行編目資料

雲中歌〔卷三〕相劫今生諾 / 桐華 著.
--初版. -- 新北市：
野人文化出版：遠足文化發行, 2012.1
224面；15 × 21公分. --（茶蘼坊；15）

ISBN 978-986-6158-67-4（平裝）

857.7　　100020551

雲中歌〔卷三〕相劫今生諾

線上讀者回函專用 QR CODE，您的寶貴意見，將是我們進步的最大動力。

野人文化
讀者回函卡

感謝你購買《雲中歌》卷三　相劫今生諾

姓　名　　　　　　　　　　　　☐女 ☐男　年齡

地　址

電　話　　　　　　　　　　　　手機

Email

☐同意 ☐不同意　收到野人文化新書電子報

學　歷 ☐國中(含以下) ☐高中職 ☐大專 ☐研究所以上

職　業 ☐生產/製造 ☐金融/商業 ☐傳播/廣告 ☐軍警/公務員 ☐教育/文化 ☐旅遊/運輸 ☐醫療/保健 ☐仲介/服務 ☐學生 ☐自由/家管 ☐其他

◆你從何處知道此書？

☐書店：名稱 ______________ ☐網路：名稱 ______________

☐量販店：名稱 ______________ ☐其他 ______________

◆你以何種方式購買本書？

☐誠品書店 ☐誠品網路書店 ☐金石堂書店 ☐金石堂網路書店

☐博客來網路書店 ☐其他 ______________

◆你的閱讀習慣：

☐親子教養 ☐文學 ☐翻譯小說 ☐日文小說 ☐華文小說 ☐藝術設計

☐人文社科 ☐自然科學 ☐商業理財 ☐宗教哲學 ☐心理勵志

☐休閒生活（旅遊、瘦身、美容、園藝等） ☐手工藝／DIY ☐飲食／食譜

☐健康養生 ☐兩性 ☐圖文書／漫畫 ☐其他 ________

◆你對本書的評價：（請填代號，1. 非常滿意　2. 滿意　3. 尚可　4. 待改進）

書名 _____ 封面設計 _____ 版面編排 _____ 印刷 _____ 內容 _____

整體評價 _____

◆你對本書的建議：

野人文化部落格 http://yeren.pixnet.net/blog

野人文化粉絲專頁 http://www.facebook.com/yerenpublish

廣　告　回　函
板橋郵政管理局登記證
板 橋 廣 字 第 143 號

郵資已付　免貼郵票

野人

23141
新北市新店區民權路108-2號9樓
野人文化股份有限公司 收

請沿線撕下對折寄回

野人

書名：雲中歌〔卷三〕相劫今生諾　　書號：0NRR0015